主编 曹学松

扬非河豚岛

寿啸

江苏大学出版社

镇江

图书在版编目（CIP）数据

芳菲河豚岛 / 曹学松主编 . —镇江：江苏大学出版社，2013.3
ISBN 978-7-81130-453-4

Ⅰ.①芳… Ⅱ.①曹… Ⅲ.①中国文学—当代文学—作品综合集 Ⅳ.① I217.1

中国版本图书馆 CIP 数据核字 (2013) 第 041353 号

芳菲河豚岛
FANGFEI HETUN DAO

主　　编	曹学松	
责任编辑	林　卉	
装帧设计	米　兰	
出版发行	江苏大学出版社	
地　　址	江苏省镇江市梦溪园巷 30 号（邮编：212003）	
电　　话	0511-84446464（传真）	
网　　址	http://press.ujs.edu.cn	
印　　刷	南京精艺印刷有限公司	
经　　销	江苏省新华书店	
开　　本	889mm × 1194mm　1/16	
印　　张	10.75	
字　　数	260 千字	
版　　次	2013 年 3 月第 1 版　2013 年 3 月第 1 次印刷	
书　　号	ISBN 978-7-81130-453-4	
定　　价	76.00 元	

如有印装质量问题请与本社发行部联系（电话：0511-84440882）

有朋自远方来，不亦乐乎！

——《论语》

中孚，豚鱼吉！

——《周易》

序

　　这是一座由江心沙洲连缀而成的小岛，奔腾不息的长江是赋予她生命的源头。无需埋怨她给我们留下的太少，也不必感叹她的历史略显单薄，或许是我们自己行走得太过匆忙，未曾细细抚触这片埋藏着先人足迹的土壤。

　　"江畔何人初见月，江月何年初照人。"不知是谁劈开滚滚风浪，第一个踏上这荒无人烟的孤岛，不知那天是不是一个草长莺飞、风和景明的春日。子在川上曰："逝者如斯夫，不舍昼夜。"时值癸巳初春，人世间已不知经过几多轮回，但"春"一直是人们吟咏的永恒主题。《诗经·小雅》中说："春日迟迟，卉木萋萋。仓庚喈喈，采蘩祁祁"；韩愈诗赞："最是一年春好处，绝胜烟柳满皇都"；稼轩词言："酒如春好，春色年年如旧"；白朴曲唱："啼莺燕舞，小桥流水飞红"。纵使古今之人搜尽佳句妙语说透了春的好，却不足以涵盖每个人对"春"的独特感受，不足以囊括不同地域对"春"的特殊记忆。

　　对于江心小岛扬中而言，"春"是有着特殊意义的。在这个万物复苏的希望之季，在这个版图小到几乎会被忽略的岛园之上，每年都上演着精彩绝伦的文化与美食的狂欢。四海来客闻风而动，八方宾朋齐汇于此，同赏春花烂漫，共赴春江盛宴。这一来，就是整整十年。在浩瀚的时空中，十年，如白驹过隙纵逝。可这十年，让这座曾沉寂千年的小岛容光焕发，在时光的帷幕上闪烁起金属的光泽。

　　这座神奇的小岛因水而生、傍水而居、伴水而长。她本是大自然的馈赠，一江之水曾一度成为她最大的困扰。然而在日复一日、年复一年的江水打磨之下，她逐渐塑造起刚柔并济的精魂。她曾走过怎样艰辛的历程？抒写了哪些传奇故事？蕴藏着何种魅力独具的瑰宝？如若这一连串的问号将您的好奇心激发，请于一个悠闲的春日午后，在享受阳光、品味香茗之余，静心翻阅这本《芳菲河豚岛》，倾听书中优美的图文为您细细解密那些或许世人还不甚了解的地域民俗文化，娓娓道来江心小岛扬中所穿越的前世与今生。不论您是生活于本土，还是奔波在他乡，希望可以通过这份并不厚重的赠礼，贴近一座城市的真实心灵，感受一个时代的蓬勃律动。

扬中市文学艺术界联合会

2013 年 3 月

目录

发现之旅

江洲名流

厨界浮玉

在水之央

后记

河豚 文化

神秘的文化 悠久的传承

——关于河豚文化源起的探究 　　　斯 彬

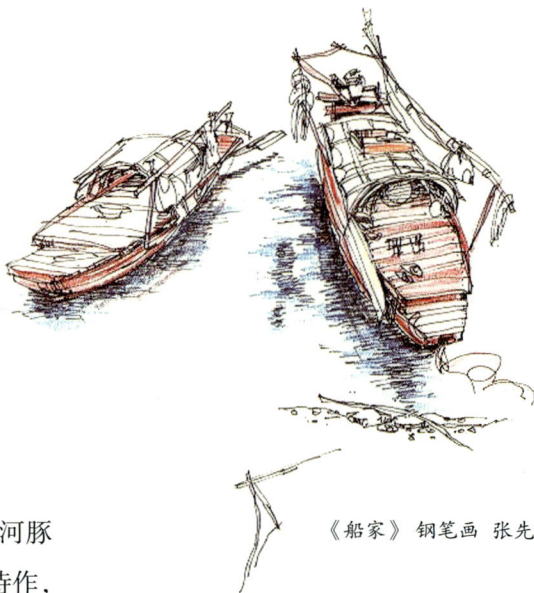

《船家》钢笔画 张先锋

"竹外桃花三两枝，春江水暖鸭先知。蒌蒿满地芦芽短，正是河豚欲上时。"这是北宋大文豪苏东坡为惠崇大师的《春江晚景图》所题诗作，流传千古，至今仍脍炙人口。也许很多人知悉"河豚"正是缘于此诗。而中国人与河豚的密切关系可追溯至上古时代，《山海经》中就有关于河豚美味的记载。我们的先民们不仅自己食用河豚，而且用其来祭祖。《周易》六十一卦里提到"中孚，豚鱼吉"，河豚在当时的地位可见一斑。千百年来，一尾小小的河豚一直为名家和老饕们所推崇，在历代文人墨客的诗文中留下了美好的印记。在历史长河中，它逐渐从一种美食升华成为一道异彩纷呈的文化景观，源远流长，历久弥新。

河豚是一种味道极其鲜美且有剧毒的洄游性鱼类，被誉为"百鱼之王""鱼中极品"。与其他鱼类或食物相比，河豚及由此衍生出的河豚文化具有无与伦比的独特性，集中体现在四个"最"上。

一、最毒的鱼类

江河湖海，鱼类万千，试问谁能"毒霸天下"，河豚最是实至名归，它的血、卵、内脏和眼睛都含有剧毒。据专家研究，河豚毒素比氰化钾还要毒上 500 ～ 1000 倍，其毒素可通过抑制神经细胞的钠离子传递，麻痹神经细胞。据测算，仅 1 克河豚毒素就能夺走 500 人的性命。因此，当河豚潜伏在水中时它是一个藏毒者，而要将其搬上餐桌必须首先经过严格的处理，然后施以专业烹饪，任何一道环节出现差池，都会有致命之虞。

二、最极致的美味

美食文化自古就是中华文化的重要组成部分。风靡大江南北的电视纪录片《舌尖上的中国》，正是以各地美食为切入点，展示了不同地域、不同民族丰厚且瑰丽的文化，不但赢得了观众的口碑，同时也掀起了一股美食文化研究热潮。而河豚的美味早已声名远播，引无数文人雅士竞折腰，历来不乏溢美之词。宋代梅尧臣有诗云："春洲生荻芽，春岸飞杨花。河豚当是时，贵不数鱼虾。"元人成始终在《直沽》诗中说："杨柳人家翻海燕，桃花春水上河豚。"李渔则在《闲情偶寄·饮馔部》中写道："河豚为江南最尚之物，予亦食而甘之。"鲁迅也在《无题二首》中吟道："岁暮何堪再惆怅，且持卮酒食河豚。"此类例子不胜枚举。

三、最不可思议的历史与今天

河豚之所以富有传奇色彩，在于其剧毒和美味相伴相生，因而本身具有争议性和话题性，无论是过去还是现在，国内还是国外，它总是以别样的光彩成为争论的焦点，并为世人所津津乐道。

1. "禁止"与"开禁"的口水战

在很多地方，河豚美食是"禁区"，在法律层面，对食用河豚也并没有完全开禁。但在江苏扬中，家家户户食用河豚不仅由来已久，而且蔚然成风，河豚餐饮业生意也是异常火爆，形成了独特的民俗风景线，并引起中央及省、市级媒体的关注。不过，媒体并没有对扬中的"河豚现象"予以扼杀，而是提出"是因毒禁食，还是科学安全地开发河豚产业"这一课题。随着扬中对河豚美食的不断推崇以及河豚文化影响力的逐步扩大，卫生部

《荷塘尽收书屋中 室内观景不出门》 中国画 骆风

竹外桃花三两枝

壬辰年春月 顾凤珍于左笔

《竹外桃花三两枝》 中国画 顾凤珍

近年来修改了相关法律法规，在扬中试点"有限开禁"的条件已经相当成熟，河豚将不再在"禁"与"食"的夹缝中游走。

放眼全球，食用河豚"禁止"与"开禁"是世界上许多国家同样关注的命题。在日本、韩国等嗜食河豚的国家已经对河豚开禁，当然也有些国家是明令禁止的。这在一定程度上是由河豚文化积淀的不同所致。在韩国，河豚被视为一种美味，据说河豚汤即为韩国釜山美食的代表。而日本吃河豚的风气甚至比我国更甚。日本有每年祭祀河豚的风俗，日本人视河豚为福鱼，河豚已然演化成一种吉祥寓意的代表。

2. 勇气与胆怯的分水岭

俗话说，"拼死吃河豚"，自古以来，不知有多少人带着惶恐与冒险的心态去尝试这极毒又极鲜的美味。河豚与生俱来的诱惑性不知让多少人欲罢不能，因此经历一次次舌尖上的探险。吃一次河豚成了考验和衡量一个人勇气和胆略的试金石。词人辛弃疾马前煮酒，抛弃生死之别，喝令"只食此鱼"。苏轼亦钟情于河豚，品尝后曾有"食河豚而百味无"和"据其味，值那一死"的感叹。

在当代，同样流传着很多关于河豚的典故佳话。著名社会学家费孝通先后六下扬中考察河豚文化，回京后多次向友人夸赞扬中河豚之美味。著名作家艾煊在扬中品尝"河豚烧秧草"这道名菜后感慨："河豚有毒人垂爱，秧草虽草胜似菜。"江苏省作家协会《雨花》杂志社主编姜琍敏先生对吃河豚有这样一段独到的见解："吃河豚的意趣不仅在于其美味，而更在于这而今已日益寻常但实际仍称得上不寻常的食物所具有的神秘感，及其某种程度的刺激性和挑战性。因而吃不吃河豚和怎么吃，就不仅是一种饮食现象，更是一种不无玩味价值的精神文化现象。"

3. 传承与创新的交锋地

对于河豚烹饪技艺的传承创新，不同的人持有不同的观点，在推动发展的舞台上不断上演着坚持传统与锐意革新的交锋。当传统受到广泛追捧的同时，饕餮食客们对河豚菜品同样存有新的期待。素有"河豚不毒扬中人"之说，现在，扬中人在河豚的去毒、保鲜、安全食用以及河豚菜品的研发方面到达了一个新的高度。2008年，扬中市文联邀请8位特级河豚烹饪大师联合编写了《扬中河豚菜谱》，收录了扬中本地的100道河豚菜肴，其中不乏创新之作。这是国内首部正式出版的河豚菜肴图书，至此结束了有菜无书的历史。

四、最值得期待的包容与延伸

中华文化的博大精深源于它的包容性与多元性，有容乃大、兼收并蓄的包容精神使中华文化发挥出强大而持久的功效，具有不可遏止的生命力。自古以来，由河豚引发的河豚文化就在从未止息的彼此矛盾、相互争议和决然交锋中日益丰富而饱满，在诸多民俗文化中出类拔萃、备受关注。而矛盾性、争议性、交锋性也正是文化价值得以凸显的要旨所在。当今，观点纷呈、名流尽显的河豚文化，为我们进一步挖掘其深邃的文化内涵、拓展其广阔的文化外延提供了令人遐想的思维空间，为不断创造出更加瑰丽而华彩的文化篇章提供了无限的可能。

前几年，网络上流传着一条经典的短信，其中有这样的语句："不是每一朵花都能代表爱情，但是玫瑰做到了；不是每一种树都能耐住干渴，但是白杨做到了。"这里，我们可以说："不是每一种鱼类都能成为文化，但是河豚做到了。"

笔者认为，随着经济社会的全面发展和深刻变革，随着人们对文化品位、生活品位的不断追求和可贵探索，源远流长又独具魅力的河豚美食以及河豚文化一定会吸引更多青睐的目光，引发更多深邃的思考，催生更多精彩的佳话。

河豚文化：一座气宇非凡的文化宝藏

——浅论河豚文化的精神内核与扬中精神 曹学松

《长虹天堑》摄影 陈文

每一座城市都有自己的文化符号。这种文化符号不是人为的臆断，而是生活于这座城市的人们经过长期的生产、生活实践所形成的价值认同。历经时间的洗礼，它所承载的抽象理念和意义往往能够深刻影响人们的思维方式，广泛浸润到城市的各个角落，形成强大的精神力量。如北京的四合院、洛阳的牡丹花、东北的二人转，正是这一个个具象的符号构成了文化的内涵。

如果要为扬中找寻一个文化符号，河豚自是"当之无愧"的。源于一江水，岛与鱼的因缘绵延了千年之久，江岛扬中是河豚文化根植的沃土，河豚文化的精神内核已逐渐融入扬中这座小城的血脉。从某种意义上说，扬中精神的精髓恰与河豚文化的精神内核一脉相承，二者相辅相成，相得益彰，共同塑造着城市的灵魂与品格。

一、河豚文化精神内核的要义所在

任何一种文化都是历史积淀的产物，并在与人的互动中使自身的本质意义得到提炼与升华。同属中华大文化的一部分，源远流长的河豚文化含有独具特色的人文意味和文化属性，随着光阴的变迁和时代的进步，其内在的精神品质逐渐被人们所挖掘，形成特有的精神内核。

1. 先于天下的胆识

是谁第一个将河豚搬上餐桌？对此已无法考证。又是谁第一个敢于

对河豚下箸？同样无从知晓。古往今来，多少人满含惶恐却又不无遗憾地对这一"天下至鲜"的美味望而却步。然而北宋大文豪、美食家苏东坡却甚是钟情于河豚，品尝后曾发出"值那一死"的感叹。"蒌蒿满地芦芽短，正是河豚欲上时"的诗句更是传诵千古。河豚因苏东坡的题咏和推崇而声名鹊起，苏东坡亦因其"拼死吃河豚"的典故向世人展现了他敢为天下先的胆略。河豚以其与生俱来的诱惑性和神秘感诱发人们尝试的勇气，要想尽情享用这一剧毒与美味并存的食物必须先放下内心的恐惧与胆怯。因而吃河豚的意趣不仅在于满足食客们的口舌之欲，更在于如挑战极限运动一般，使人体验一种战胜自我的快感。

2. 尊重科学的态度

明代医学家李时珍所著《本草纲目》中有关于河豚的记载："河豚有大毒，味虽珍美，修治失法，食之杀人。"我国食用河豚历史悠久，相关史料显示，早在大禹治水时代，长江中下游一带的百姓已形成食用河豚的习俗。只是当时的人还未掌握系统、科学的烹制方法，食用河豚更多存有冒险的成分。此后我们的先民一直在河豚科学控毒烹制的道路上不断探索，许多人前赴后继，甚至付出了生命的代价。晋代文学家左思在《吴都赋》中不但描述了河豚的体貌特征，还详细记录了民间烹制河豚的方法。到了唐代，河豚堂而皇之地进入宫廷。宋代，民间吃河豚之风更盛，尤以江南一带的河豚菜肴最为有名。元代和明代，江南地区将河豚奉为食界至尊，明代宫廷中还曾有河豚宴。发展到现代，不论是河豚的养殖技术还是烹饪技艺都已上升到一个全新的高度。如今，人工养殖的河豚毒

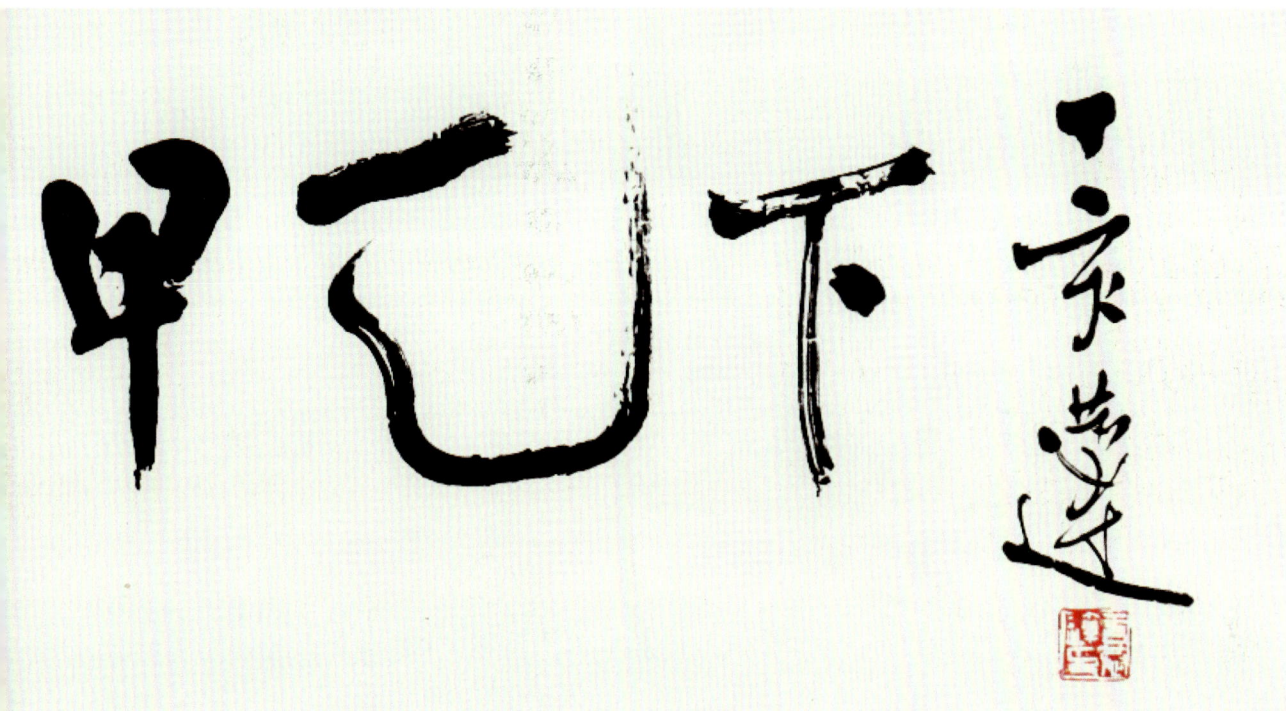

《扬中江鲜甲天下》
书法 言恭达

性已大大减弱，河豚烹饪也纳入了规范化管理，实行专业培训和领证上岗、制定技术操作规范、建立严密的督察制度……一系列科学规范的操作规程和严密的监控体系，为安全食用河豚拉起了层层保护网。

3. 永不止步的意念

中华传统文化博大精深，其中"刚健有为"是处于核心地位的基本思想理念之一。孔子曰："刚毅木讷近仁。"他认为刚毅和有为是不可分割的。孔子提倡并努力实践为崇高理想而不懈奋斗，鄙视无所用心的人生态度。《周易》中对"刚健有为"也有这样的经典表述："天行健，君子以自强不息。"这阐明了效法天行之健、积极能动的思想。而河豚文化恰是这一思想得以传承和延续的生动体现。"刚健有为"思想的一个突出表现在于"革新"，这一观点在历史实践中为人们所

普遍接受。在美食文化领域创新求变的理念同样适用。在河豚烹饪研发方面，中国人发挥了天马行空的想象力，在沿袭传统的基础上开发了众多新的菜品，如今河豚子、河豚肝这些含有剧毒的部位都能经过科学的加工被做成美味佳肴，简直是个神话。在河豚品牌包装和营销方面，人们同样激发出全部的智慧与潜能，做出一个个新颖的创意策划，吸引了众多关注的眼球。对外部世界的探索以及对未知领域的求真是永无止境的，开拓创新的思维和意识是任何一种文化焕发生机的要旨所在。

4. 海纳百川的胸襟

贵和谐，尚中道，作为中华文化的基本精神之一，在中华民族和中国文化发展史上发挥着十分重要的作用。儒家思想的精髓在于一个"和"字，孔子主张"礼

三天打鱼

癸巳年初金陵墨翁
周京新

《三天打鱼》 中国画 周年

之用，和为贵"，他说："君子和而不同，小人同而不和。"表达了重和存异的价值取向，肯定了事物是多样性的统一，主张以广阔的胸襟、海纳百川的气度容纳不同的意见。中华文化尤其表现出"有容乃大"的宏伟气魄，在民族价值观方面，中国文化素来承认任何民族的文化都有其价值。这种"和而不同"的文化观指引着中华文化前进的方向。在中华文化的大氛围中，河豚文化的存在与发展一直伴随着不同的声音，引发出不断的交锋。"禁止"与"开禁"的口水战自古以来就未曾停歇过。宋代诗人梅尧臣和范成大便是反对食用河豚的一派，他们认为不顾生命安危冒险尝试是不值得的。而大文豪苏轼却持相反的观点，他是河豚美食的忠实拥护者，不止一次"拼死吃河豚"。而今，"禁"与"食"仍然是一个备受争议的话题，随着河豚文化影响力的不断扩大，"有限开禁"已具备实现的可能。人们以一种更加宽容、开放的眼光审视这一独特的饮食文化现象，并且用更加理性、科学的态度来推进河豚产业和河豚文化的持续发展。在"禁食"河豚的大环境下，民间食用河豚的风俗依旧蔚为大观，形成别具一格的民俗风景线。

二、扬中精神与河豚文化精神内核一脉相承

"经济是一座城市的命脉，文化则是一座城市的灵魂。"文化体现了一个地区的精神面貌，是激发地方活力的不竭源泉。扬中独有的河豚文化有着丰厚的底蕴，与扬中的城市精神可谓相伴相生，是一座亟待开掘而又气宇非凡的丰富宝藏。河豚文化与扬中精神因内在品质的融会贯通而紧密相连，这样的维系形成强大的合力，吞吐了千年，共同成就了绚丽多姿的江洲传奇。

1. 八方移民开启拓荒之路

扬中本是长江中的一个沙洲，四面环江，东晋时期始有小沙洲露出水面，因受江水和海潮的冲刷而涨坍无常。历经千年江水冲击，直至清末民初，陆地雏形才初步形成。扬中的先民是来自四面八方的流离失所的难民，他们或因生活无着，或为躲避战乱，而踏上被誉为"太平洲"的江中小岛谋得一线生机。移居至此的人们多是享用自然的馈赠，以捕鱼为生，"结茆聚居，渔佃以田"。在扬中境域的这片长江内，江鲜品种非常丰富，作为"长江三鲜"之一的河豚也成为人们餐桌上的饱腹之食。自踏上这片荒凉的土地以来，开拓者们便开启了搏击风浪的艰难航程，以勇于探索、敢于突破的气魄和胆识在一处完全陌生的领域开垦出一番广阔的天地，建设了一个崭新的家园。这种勤劳勇敢、敢为人先的拓荒精神不恰恰与河豚文化所蕴含的精神内核相契合吗？移民的拓荒精神和神秘的河豚文化一样得到了传承。如今，昔日荒凉而落后的孤岛已成为享誉四海、璀璨夺目的"江中明珠"，这便是最好的证明。

2. 千年绿岛孕育城市图腾

扬中并不见得是河豚唯一的家园，长江下游一带都有其踪迹。但自然的造化使扬中这里平坦的江面和湿地成为河豚休养生息、洄游繁殖的最佳选择。只有到扬中境内，才能吃到最正宗的本江河豚。也只有扬中人烹饪的河豚，才能使人享受到至鲜至美的口舌快感。扬中人一直对河豚这种生物怀有特殊的感情，他们对美味的极致追求和深入探索，早已内化为一种孜孜以求、坚守科学、致力创新的精神品质。这种品格正是扬中城市精神的鲜明象征，河豚俨然成为扬中人心目中的"城市图腾"。透过扬中的千年成洲史和百年发展史可窥一斑，勤劳智慧的扬中人民在这片曾经贫瘠的土地上抱成一团、自强不息，以精卫填海般的执着精神造大桥、筑大道、修大堤、建岛城、跨百强，谱写了一曲曲"小岛办大事，小市创伟业"的时代乐章。扬中人做事情、

干事业的决心和意志伴随历史的沧桑巨变，在时光的幕布上留下了深刻的烙印。

3. "四千四万"播撒神州大地

移民的后裔天生具有一往无前的开拓精神，扬中人对富裕生活的向往如同草根一样坚韧不拔，这正是扬中工业经济发展的原始动力，也催生了"四千四万"精神的诞生。特殊的地理环境和匮乏的自然资源导致扬中在经济发展中遭遇了巨大的困难，但积极进取的扬中人并未安于现状、故步自封，而是勇敢地迈出前行的步伐，发扬"走遍千山万水，说尽千言万语，吃尽千辛万苦，历经千难万险"的"四千四万"精神，开拓出新的致富之路。在这种与河豚文化精神内核有着异曲同工之妙的精神指引下，扬中的乡镇工业从无到有、由小变大，地区综合实力持续跻身全国百强县前列。扬中的工程电气产品能够成功地打开销路，凭借的是过硬的产品质量和诚信的交易准则。而小小的河豚恰在其中立下了"汗马功劳"。为了与客户建立良好的关系，扬中的供销员们打出了"河豚牌"，或把河豚在扬中烧好带出去送给客户，或把河豚买好，带上会烹制的师傅到外地宴请客户，或直接将客户请到扬中品尝河豚。交往之间，谈笑之际，畅叙彼此友情以及有关河豚的传说、故事和轶闻，既生动传神，又韵味悠长，真乃人生一大快事。如此这般，扬中河豚的美名便广为传播，在扬中人对外交往的过程中扮演了重要的角色。

4. 春江盛宴打响岛园品牌

如今，"中国河豚岛"已然成为扬中的一张闪亮名片，连续9年的河豚文化美食节为扬中河豚赢得了"甲天下"的美誉。秉承"诚信博大，自强不息"的新时期扬中精神，扬中人广邀八方来客，汇聚四海宾朋，打造了一届又一届精彩绝伦的春江盛宴，开创了河豚文化的先河，写下了浓墨重彩的篇章：以河豚为代表，打造城市形象标志；邀请28个国家的驻华使节开展"最值得向世界推荐的河豚岛——扬中"的寻访之旅；举办首届国际河豚文化研究论坛；出版首部河豚美文集《美味"杀手"》等。扬中

《鳜荷图》 中国画 骆风

人将河豚文化所包含的精神理念融入城市精神的核心，向华夏大地乃至世界各国展示了他们诚实、文明、守信的精神风貌，彰显着他们不畏艰险、顽强拼搏、敢于超越的内在品格，他们以宽阔的胸襟、开放的理念、改革的勇气、亲和的姿态引领扬中这座江中岛园在更高层次上实现跨越发展，创下一个又一个"第一"和"唯一"。"全国科学发展百强县"、"全国十佳资源节约型和环境友好型城市"、"率先基本实现全面小康"……今天的扬中正以一种全新的姿态挺立于区域竞争的潮头浪尖。而根植于扬中人灵魂深处、沉淀为扬中城市基因的"扬中精神"，必将发挥出更加博大的凝聚力和更加深远的影响力，成为推动扬中改革发展、跨越争先的巨大精神动力。

源远流长又底蕴丰厚的河豚文化在扬中这片神奇的土地上生根、抽芽、拔节、开花，新的时代正创造着新的传奇，独具禀赋的扬中人一定会在不断的开拓和缔造中使这座资源丰沛的宝藏绽放出更加瑰丽的光彩。

孔庆璞

略谈河豚及其文化

河豚，古名肺鱼、鲍鱼，俗称气泡鱼、吹肚鱼、青郎君等，学名河豚。在《山海经》《本草纲目》等典籍中有较为详细的记载。世界上大约有300多种河豚，我国渤海、黄海、东海盛产各种河豚，常见品种主要有东方豚属的20多个品种。每年2月，河豚由外海游至江河口的咸淡水交界区域产卵，唯有洄游的暗纹东方豚成群结队地溯江而上，进入淡水长江水系，5—6月在长江中游产卵。

河豚全身是宝，营养丰富。经测定，鱼肉中蛋白质含量高达17.7%～18.7%，脂肪含量仅为0.62%；在每千克鱼肉中，有0.2毫克维生素B1和1毫克维生素B2；维生素A含量高达4100个国际单位；河豚胆的牛磺酸含量高，高含量的牛磺酸对白血病有一定疗效；河豚体内的不饱和脂肪酸含量特别高，其中DHA含量为15.36%，EPA含量为6.19%，不饱和脂肪酸除能阻止胆固醇在血管壁上沉积，预防或减轻动脉硬化和冠心病以外，还具有显著的健脑益智作用，能够活化大脑神经细胞，改善大脑功能。河豚体内含有人体必需且不能自行合成的8种氨基酸。河豚作为食品，可维持人体的营养均衡，改善肤质，健脑养心，增强免疫功能。

河豚的药用功能极强，河豚毒素（TTX）是一种极其珍贵的天然生物毒素。研究表明，它是医学研究上难得的工具药物。TTX的另一大功效是止痛、镇静，对解除癌症晚期病人的痛苦具有良好效果。最近，TTX对戒毒的特殊作用正引起医学界的广泛关注，据临床实验证明，吸毒者每天注射适量的TTX针剂，一至两星期即可达到永久性戒毒的目的，这为河豚的开发和利用找到了新的途径。河豚的药用价值还表现在以下方面：

◎ 鱼肉：补虚症、祛湿气、理腰腿、杀虫、去痔症、治腰酸等。

◎ 鱼皮：美容、健胃。

◎ 精巢：补肾。

◎ 眼睛：可用于治疗脚上的鸡眼。

◎ 鱼血：涂于患处可治疗淋巴结核。

◎ 鱼胆：有良好的抑制真菌作用，可治脚气、烫伤、黄水疮、癣疮等。

◎ 鱼肝油：外敷，可治破溃淋巴结核、慢性皮肤溃疡。

◎ 鱼卵巢：可治无名肿毒、乳腺癌、颈淋巴结核等。

河豚有毒，河豚味美。其肉洁白如霜，滑腻似脂，滋味腴美，香鲜畅神，堪称水族一绝。河豚千百年来一直为名家所推崇，尤其是文人墨客对其更不乏赞美之词。唐朝时，吃河豚之风日盛，尤其在宫廷，河豚还被当作贵重的赐品赏给有地位的大臣。宋朝朝野大兴食河豚之风，并且也对河豚鱼的美味给予了极高评价。宋代大文豪苏轼在题画诗中写道："竹外桃花三两枝，春江水暖鸭先知。蒌蒿满地芦芽短，正是河豚欲上时。"诗人梅尧臣因有"春洲生荻芽，春岸飞杨花。河豚当是时，贵不数鱼虾"的诗句而诗名大振。明朝时河豚已成为宫廷名菜。永乐皇帝就曾下令从扬子江"飞递时鲜，以供上御"。《明宫史·饮食好尚》记载："二月初二日，各宫门撤出所安彩桩，各家用黍面枣糕，以油煎之……是时食河豚，饮芦菜汤以解其热。"清朝时，食用河豚的风习更为普遍，人们都在夸耀河豚的美味。李渔在《闲情偶寄·饮馔部》中说："河豚为江南最尚之物。"现代文学巨匠鲁迅更有"岁暮何堪再惆怅，且持卮酒食河豚"的诗句。所有这些无不透露出深厚的河豚

凉拌豚皮

第五届中国·扬中河豚文化美食节菜肴展和河豚文化书画展

摄影 梅仁寿

河豚煲

文化气息。

扬中是长江中的第二大岛，是长江三角洲冲积平原的一部分，江水环抱，土地肥沃，水资源十分丰富，河豚、鲥鱼、刀鱼闻名遐迩。"中国江鲜菜之乡""中国河豚美食之乡"的美誉已蜚声海内外；"扬中河豚甲天下"已成为国内外美食家们发自内心的赞誉，"扬中河豚文化"已作为非物质文化遗产受到政府的有效保护和传承。

扬中距长江入海口近300公里，溯江而上的东方暗纹豚由咸水区进入淡水区，一路寻觅长江下游水域的小鱼、小虾、贝壳，其食物链发生了变化，使得河豚肉更加鲜嫩。所以，在扬中捕捞的河豚品质最好，最为珍贵。扬中人烹饪河豚有独特的方法，食用安全，代代相传，加之春天正是扬中盛产燕竹笋、秧草之时，用竹笋、秧草烧河豚，更是将河豚的美味发挥到了极致，这是其他地方无法比拟的。此外，扬中是目前国内最大的河豚集散地和消费市场。每到春江水暖、桃花盛开的季节，扬中都宾客如云，酒店、宾馆家家爆满，慕名前来品尝河豚美味的新朋老友数以万计，形成一道独特的民俗风景线。

二月水暖河豚肥

叶兆言

又到了吃河豚的季节。一说季节，朋友忍不住笑，现如今还有啥季节，蔬菜反季，水果反季，人也反季，天气乍热还冷就迫不及待地打开空调。至于吃河豚，则更是到处都有，四季皆可，有闲情便行，有银子就成。想当年"文化大革命"，最流行的口号是"人定胜天"，说穿了是口气大、嘴上痛快，现在不流行这话了，反倒真有些敢跟老天爷叫板的意思。

搁历史上，吃河豚是地道的民间享受，康熙和乾隆一次次下江南，什么样的传奇都有，唯独没听说过吃这玩意儿。皇帝他老人家自然不敢吃，就算想，有这个心思，大臣们也不敢准备。拼死吃河豚，注定了是一种平民老百姓的境界，民不畏死，奈何以死惧之。据说当年苏东坡吃河豚，有人问滋味如何，他很平静地回答："值那一死。"意思是太鲜美了，

《春汛》 摄影 黄成江

人生苦短，遇上河豚这么好吃的食物，就算死也值。

　　苏东坡有个一起遭贬的哥们儿叫李公泽，同样是失意文人，苏东坡为美味不惜冒死，而这位李先生却有些扭捏，面对美味不说怕死，而是随意找了个堂皇的理由。他义正词严地予以拒绝，认定河豚是一种邪毒，非忠臣孝子所宜食，把吃不吃河豚上升到了骇人的高度。后学根据两位先贤的河豚观得出结论，所谓"由东坡之言，则可谓知味，由公泽之言，则可谓知义"。

　　生活在长江下游的老百姓对季节最敏感，这一带四季分明，不同的日子有不同的美食。家父生前，一心想学知味的苏东坡，十分向往河豚，无奈那年头还不能人工养殖，作为一个"反过党"的"右派"、一名被贬的职业编剧、一名经常要下乡体验生活的写作者，久有食河豚之心，却很难如愿以偿。二月水暖，河豚欲上，他发现总是赶不上吃河豚的日子，总是很不凑巧错过了大好季节，心有余而力不逮，与一帮民间的饕餮之士切磋美食时，因为没有品尝过河豚，难免有抬不起头的感觉。

　　一直觉得河豚能被我们津津乐道，源于它的剧毒。这也是家父的深切体会，直到改革开放，他才有幸大快朵颐，第一次吃河豚，为此专门写过文章，且被好几本谈美食的集子收录。在过去的年代，河豚是禁食之物，不允许市场流通，因为不允许，因为一个"禁"字，仿佛禁书一样，勾得文人心里痒痒的。无毒不丈夫，人生乐趣有时就是小小的出格，冒险不危险，给嘴馋一点理直气壮的借口。

　　兴冲冲地去扬中参加"河豚节"，行家说的种种剧毒——河豚肝、河豚眼，逐一生涮品尝，在过去等于自杀了几回，现在却毫发无损。世事难料，人生无常，这年头有毒的没毒，不该有毒的竟然有毒，谈笑风生之际，感慨之心顿生。

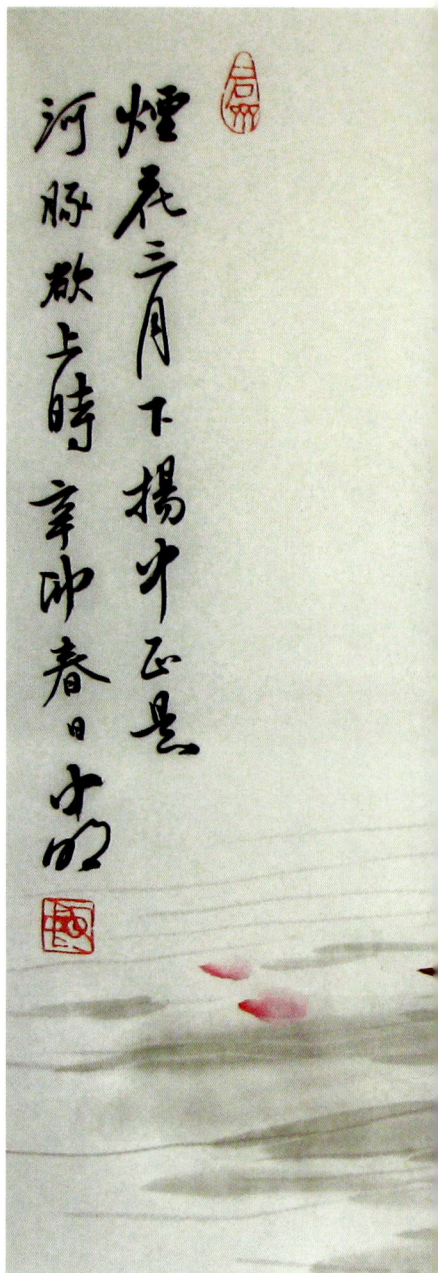

《烟花三月下扬中》 中国画 王中明

漫笔
MAN BI

河豚那些事儿

储福金

我第一次吃河豚，是在扬中。

20世纪80年代，我在一家杂志社当小说编辑，晚春季节，在镇江参加了一个会议，会议结束时，有个朋友走到我身边，悄悄地问："吃过河豚没有？"

我说："没有。"

朋友问："想不想尝一下？"

我犹豫了一下，说："想。"

我吃东西没有忌讳，插过队的人，在那困苦的年代，糠饼、野菜团子，什么都吃过。后来，人生的路宽了，走的地方也多了，上了饭桌，各地的风味食品尝得不少，炸蝎子、炸蚕蛹之类的也敢吃。

但提到吃河豚，我还是犹豫了一下，这是出于我之前对河豚的一知半解。而这一知半解与生死传说连着。

有关河豚的传说，都是父亲留下的。做工人的父亲这一辈子不少次说过关于河豚的事，但一次河豚都没吃过。父亲说到河豚，便会说到它的毒，单一锅汤便能毒死一桌人。父亲也

正是河豚欲上時
壬辰年春月 顧鳳珍左筆

《正是河豚欲上时》 中国画 顾凤珍

说到河豚的鲜，这河豚的鲜对父亲来说，是没有具体概念的，也许带着想象，带着向往。有人明知可能被毒死也要去吃河豚，这河豚的鲜味肯定是无可比拟的了。"拼死吃河豚"，说到河豚，父亲总会说到这一句。所以，乡下人抓到了河豚，做河豚的厨师，必须是自家人，谁放心把一家人的命都交给别人呢？河豚上桌，也不请别家的人吃，让人可能陪着死的事，能当好事请人来吗？宰河豚的时候，必须把河豚的眼睛与内脏取出放在一边，一件一件数清楚，再细细地洗，不能让一丝血残留。"不是拼死吃河豚，是拼洗吃河豚。"父亲这么说。

那次与朋友一起去了扬中——似乎只有扬中能吃到河豚。扬中隶属江苏镇江，

《鲀韵》 剪纸 倪玉蓉

与镇江只隔着一条夹江。中午便吃到了河豚。在一家招待所，饭桌上三四个菜，足够两个人吃的了，最后上了一盆汤，是河豚做的汤。朋友与我都望着这盆汤，好一会儿没动手。我想朋友大概也是第一次吃河豚吧。招待所的副所长很快出来了，这盆汤是她亲自做的，她一边用围裙擦着手，一边殷勤地劝吃："吃吧，洗得很干净的。"

朋友先向盆里伸了筷子，并看了我一眼，他的意思是他先动手。一般来说，河豚中毒是在食用后 20 分钟之内，一旦中毒，是无药可治的。我也跟着伸筷子了，人要讲义气，两个人同行的，不能单让朋友一个人中毒吧。入口还没觉得什么，慢慢地就有心思来品一品了，果然鲜美，鲜到味觉深处，那深处仿佛起了微微的颤抖。感觉放大了，似乎嘴唇有点麻，据说有人吃一口汤就中了毒，既然吃了，吃肉吃汤都一样，一口与一盆都一样，于是，不管三七二十一，两人把一盆汤分了，和着米饭，吃了个干干净净。这一顿和汤的饭，是以往从未吃过的最好吃的饭。

自此以后好些年，我再没吃过河豚。不吃也没有什么念想。反正说起来，河豚是吃过了，河豚很鲜。那时候河豚并不贵。只是吃与悬念连着，吃与生死连着，实在不想再而三的。

近些年，河豚似乎不是稀罕菜了，春季会议用餐，江南好多县市都会有河豚上桌，也不再有会中毒的意识。当然，河豚之席价格不菲，人们的生活有了提高，一般人请客也会上河豚，似乎极少有人提到河豚中毒的事了。

春上，又去了一次扬中。这一次，在一个大水泥池中看到了活生生的河豚，在水中窜游着的河豚圆头圆肚，胖乎乎的，十分可爱，听说，如触弄了它，它会生气，肚子鼓起来，整个身子会鼓成一个球。

扬中的这一顿河豚宴，又有新鲜事儿：原说河豚的眼睛与内脏有毒，这一次却吃到了河豚眼蒸蛋，还吃了在火锅中涮的河豚肝。切成片的河豚肝在滚沸的火锅汤里，经七上八下涮熟后，入嘴确实鲜嫩。

社会发展很快，生活变化很大，原本神秘之物已成为更多人餐桌之上的食品了。

漫笔 MAN BI

美味『杀手』

王川

中国人对鱼有种非常特殊的感情。在中国人的辞典之中，"如鱼在水"是最自由潇洒的状态，"羡鱼之情"是人生最高的标格，"渔樵之乐"是士人最淡泊的境界。原始的庙底沟人将鱼和鹳画在一起，用以象征阴阳交合，祈求多子。汉朝人将双鱼镌刻在铜洗上，寓意吉祥。唐代的高官凡身着绯、紫衣者必佩金鱼袋，以示等级。民间则多绘鱼形，取其谐音，祈福"年年有余（鱼）"。

但有一点，我要为鱼鸣不平：古人既视鱼为不可或缺的佳馔，但中国人的"八珍"里却没有它。"八珍"的说法历来不一，民间所说的"八珍"里列有一味鲍鱼，可是鲍鱼却不是鱼，它属贝类。《礼记》里提到的是"淳熬、淳母、炮豚、炮牂、捣珍、渍、熬、肝"，据梁实秋考证是指"牛、羊、麋、鹿、麇、豕、狗、狼"这八味，并没有鱼。又有一说是指"野驼蹄、鏖沆、醍醐、鹿唇、驼鹿麇、天

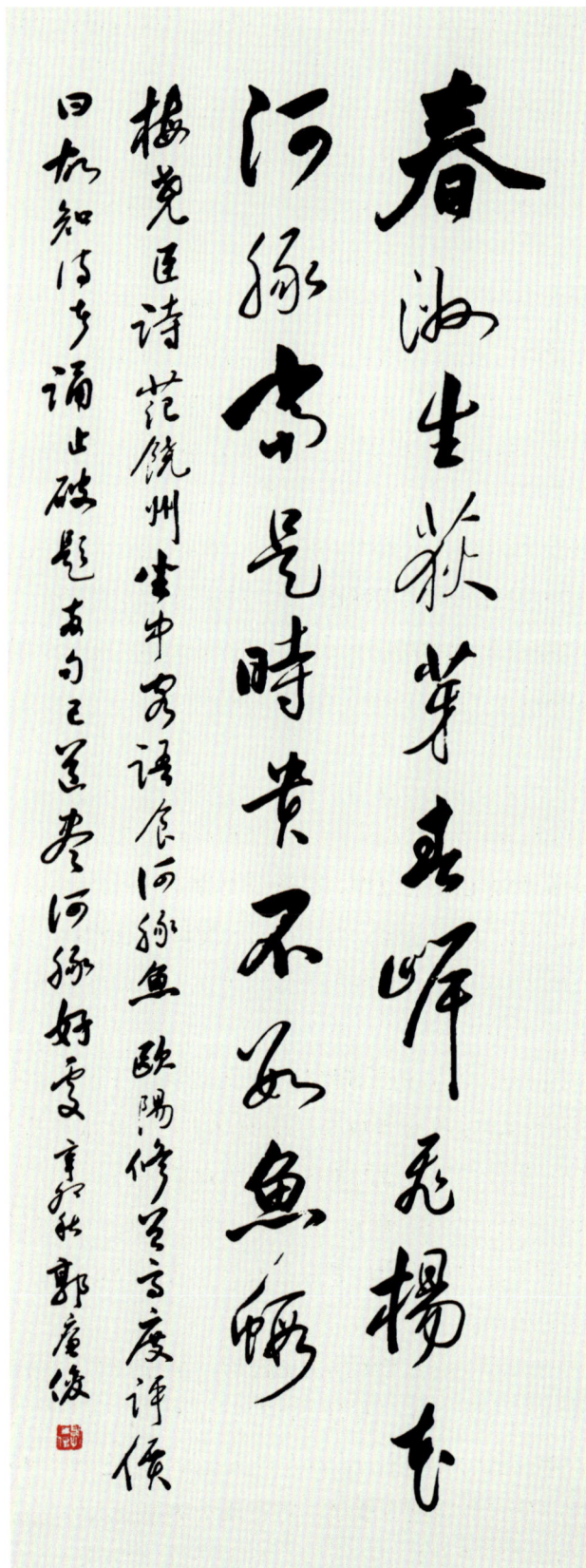

《梅尧臣河豚诗》 书法 郭康俊

鹅炙、紫玉浆、玄玉浆"这八味，也没有鱼。还有一说是"龙肝、凤髓、豹胎、鲤尾、鸮炙、猩唇、熊掌、酥酪蝉"，提到了鱼，但是龙肝和凤髓是无处去寻的虚妄之物，让人对这份菜单的真实性产生怀疑。

鱼之不入"八珍"，可能是因为物以稀为贵的缘故，鱼是人们心目中的大众食品，并非缥缈神奇的天宫仙馔，它是可望又可即的。刀鱼、鲥鱼、鳜鱼、鲈鱼都能算得上是鱼中贵族，然而要说到名声卓著，最令人垂涎但又最令人畏惧的，则要数河豚。

"蒌蒿满地芦芽短，正是河豚欲上时。"河豚之味美，早在北宋时苏东坡就已经知道。此位饕公吃遍全国，算是最有眼界的美食家，他首推河豚为第一美食，这一评价应最具权威性。他对这一美食赞不绝口，甚至称它为"西施乳"，虽然此名香艳过甚，但由此可看出此公对河豚的高度评价以及喜爱程度。

河豚是一种洄游型的鱼，生于长江而长于海中。每年春天来到长江口产卵，沿长江下游一带的仪征、江阴、靖江、扬中、丹徒一带都有吃河豚的习俗，这时的河豚正在生殖期，性腺发育完全，毒性最大，味也最美。河豚的血、卵、内脏和眼睛都有剧毒，食用前全得去掉，还要多用水清洗干净，烹煮至透熟才能吃。当地人打趣说"拼死吃河豚"，要想不死，就得"拼洗吃河豚"。善于烹饪河豚的人先得具备洗濯之功，洗得干净，才能吃得放心。洗河豚之时，要细心检视，一一扒开，把最毒的眼睛、卵和内脏都一一摆放在旁边，最后一一数清，如果少了一样，那就必须要找到，否则混入鱼肉之中，就会惹麻烦。洗，当是免毒的第一道防线。

烹煮，是免毒的第二道防线，烹煮得法，可以把鱼中的毒素杀死，倘若温度和时间不到，都会有致死之虞。坊间有说法，曾有人贫病交加，想吃河豚寻死，卖尽家产买来河豚烧煮，躺在床上等熟。岂知一觉睡得时间长了，河豚早已烂熟，毒性全无，食后竟然未死，

可见多煮就能除毒。

河豚之毒，冠于鱼类，因而河豚的产地往往有一种约定俗成的规矩：不请人吃河豚。倘若我家烧河豚了，你可以自己带筷子来吃。在吃以前还要掏出几个零钱来放在桌上，以示是自己买来吃的，吃出问题自己负责任。而且一定是烧河豚的人自己先吃，待一刻钟后平安无事，客人再吃。如果发现有人中毒了，立即灌大粪来解毒。尽管这样，长江下游沿岸每年都还有人因吃了河豚而死亡，贪口腹之欲而丢了性命，称河豚为"美味杀手"，恐不为过。

河豚味之鲜美，非常奇妙。它带有一种邪恶性，犹如诱人上瘾的毒品，在诸鱼之中简直无与伦比。它美而妖，鲜且毒，具有一种诱惑性，令人吃了之后百味不知，所以在筵席上河豚这道菜通常是最后一道。河豚有毒，从外形上一看便知，它的体色极其鲜艳，黄绿斑驳，像是一条菜花蛇，鼓着个大肚子，外面都长满了刺。吃的时候，要将带刺的鱼皮翻过来，用鱼肉裹着再送入口中才行，否则口腔就会被刺破。

现在，河豚已被那些冒险的饕客们抬到了天价，一斤河豚竟然卖到了千元以上。请人吃一顿河豚，要花费几十克黄金的代价，恐怕是中国身价最高的鱼之一了。吃河豚一定要赶在清明节之前，据说一过了清明，河豚就会全身有毒，再也吃不得了。不过，吃河豚的最大乐趣倒并非只是生理性的需要，而是在于心理性的。明知河豚有剧毒，却又经受不住诱惑，极度好奇和恐惧混合着的心理非常复杂，也非常微妙。仿佛是知法犯法，也仿佛是故意闯禁，带有一种冒险性的刺激。野生的河豚吃在嘴里，舌头上会产生一种微微的麻酥感，这就是河豚的毒素在嘴中的作用。现在已经培育出一种无毒的河豚，可以食之无虞了。无毒的河豚吃在嘴里，安全是安全了，却缺少了那份服毒般的惊险和刺激，食河豚时的情趣就要差了许多。

日本人也喜吃河豚，但日本人的吃法与我们有异。

日本人一般不吃煮熟的鱼，他们多是吃刺身，三文鱼、鳕鱼、
鳟鱼、鳗鱼的刺身都吃，河豚也是切了吃刺身。不经过煮
熟消毒的河豚片，就这样生吃，只是蘸上一点酱油和芥末。
在中国，庖人鞠躬如仪地端上来，摆在案上，鲜鲜亮亮的，
客人却是怯生生地不敢下箸，踌躇再三，作谦让状。可日
本人却是坦然就食，丝毫也不怕毒。但日本供食用的河豚
绝大多数是人工养殖的，已经无毒，或者毒性不大了，食
之无碍。

河豚鲜美，连带它的幼仔都大名鼎鼎，令人垂涎。明
清时期的诗文中曾屡屡提到，苏州一带有一种"鮰肺汤"，
是用鮰鱼的肺做的汤，味道极鲜美。后来终于吃到了这种
闻名已久的"鮰肺汤"，一碗汤里只有小拇指肚大小的两粒
肉，那就是鮰鱼之肺了，可见鮰鱼并不大。再寻书觅典，
原来鮰鱼就是河豚的幼仔，这真是"老子英雄儿好汉"，只
因为肉鲜味美，可怜从小就躲不过人们的杀虐。

河豚味之美，并不仅仅在于鱼肉，还在于一些佐味的
辅料。扬中人烧河豚，似乎是无所不用其极，但凡春天里
鲜美的料，都会用上去，如使用鲜笋、秧草与河蚌来烧。
扬中是竹乡，平原河洲之上，鲜笋处处。秧草在江南也极
其普通，凡有稻田处，便有秧草在。秧草原可用作绿肥，
但扬中人慧眼发现，用它来佐烹河豚。普通的小草与河豚
的鲜汁结合，又鲜又嫩又绿，美味之极。秧草学名苜蓿，
是一种舶来的植物，原产自西域。因其每茎上都生有三枚
心状的叶子，被西方人视为爱情的象征，也是三权分立的
象征，爱尔兰等地的国草就是这种三叶草。汉代张骞通西
域，带回了汗血宝马，同时也带回了马的饲料苜蓿，马吃
了这种草，就会长膘。苜蓿的生命力顽强，几乎播下种子
就能茁壮生长。但在北方，它仅仅是喂马的饲料，虽然种
植，但不作食物的。只是到了江、浙、沪一带，才有人把
它纳入食谱，视为美味，称为草头。扬中人则直呼其为秧草。
没有秧草佐食，河豚的美味就会寡淡许多，有人甚至评价说，
烧在河豚里的秧草，要比河豚本身好吃。苜蓿是植物的一
大科目，现在已经广泛运用于绿化和栽培，但并不是所有

《春意盎然》 中国画 顾凤珍

的苜蓿都能吃。扬中人吃的苜蓿，也由田里自由栽种发展到了大棚栽培，上升到了产业的级别。

"肉食者鄙"，古人对于嗜食肉者多有不屑，然而对吃鱼者却有好感。一名屠夫会被人所不齿，而渔夫却是人人称羡。桌上没有肉不会有人提意见，但是没有鱼就会有人弹铗唱"不如归去"。骂人是猪是侮辱，称人是美人鱼则属称赞。古代的君子酸文假醋，高唱君子远庖厨，闻其声而不忍食其肉，却在潭边大谈鱼经，临渊而羡鱼。这一切，都反映出中国人对于鱼的一种奇特而微妙的心理。作为一种文化，鱼已经深刻地印入中国人的心中。

缘来是河豚

朱 琳

向来认为，一个城市因为有你惦记的人存在，才会有了温度，有了意义，扬中对于我便是如此。

一直在南京读书，扬中距离南京不过两个小时的车程，可如果不是豆豆这位扬中姑娘，扬中在我的世界里，也许永远只是个地图上的小小标记，相见不相识。

偶然又必然，缘分到了，我便到了扬中。河豚，原本就是我与扬中金风玉露一相逢时的礼物，这份礼物因为难得，而显得格外惊艳。

这年春天，可爱的豆豆邀请我们几位大学好友到扬中相聚，我们心里一盘算，觉得豆豆怎么也可以算做自己人，属于可以去"叨扰"的朋友，于是，几个人就兴冲冲地坐上了开往扬中的汽车。

以前，豆豆经常对我们说起扬中，说扬中是长江中的一座小岛，我一看地图，笑了，这哪里是小岛，它分明霸气地把浩浩长江一分为二。这座扬子江中的岛屿有着怎样的风情呢？旅行伊始，我心中已生长出嫩嫩的好奇和期待。

老友相逢，人生乐事之一，与扬中的缘分便在一片喜乐气氛中开始。且不说扬中的民风民情给我的新鲜感受，光是豆豆和家人对我们的热忱款待，就足以令我回味至今。而这些感触，总结来说，可称为两叹、两惊。一叹扬中人之灵巧善良，二叹扬中人生活的富足、幸福。这感叹可从扬中人的神情和语态中得来：不用往大处说，单看扬中市井里的小商小贩，他们待人皆彬彬有礼，笑语盈盈，自有一种"亲"在其中，好像世人皆亲人。别小看这种待人之"亲"，它滋生于自信、自尊，滋生于对一切游刃有余的把握，滋生于对生活的热爱。由此我知道，扬中是一座幸福之岛。二惊，一是在听说扬中无小偷时的惊讶——原来如今还有民风如此淳朴善良的地方，另外一惊则和河豚有关。

　　记得古诗词中有用西施来比附河豚，小时读诗词，我已经对河豚很好奇——河豚的口感算人间一流；不然，风流倜傥的文人雅士怎么会通过品尝河豚联想到闭月羞花的西施呢？河豚的毒性，非但没有减损它的魅力，反而如同维纳斯的断臂，让人更加浮想联翩，向往不已。豆豆当然也曾说起河豚，她说扬中有句古话叫"拼死吃河豚"，这更增加了我对河豚的垂涎。所以，当豆豆爸说要带我们品尝河豚时，我心里一阵惊喜——以往古诗词中的河豚要"蹦"出来，来到我面前了。

　　这天晚上，大家围坐着等待河豚上桌，我们一边品味各种江鲜美食，一边听豆豆的舅舅为大家讲述河豚文化。我们这才知道，河豚要经过两个小时以上的加工，才能"上得厅堂"供人品味，并且只有一些经过认定的厨师才有资格操刀烹制河豚，这些河豚厨师个个是深谙民俗文化的艺术家，他们将烹饪河豚当做一门独特的艺术来对待。我不禁感叹，原来吃河豚不仅是图口腹之快，更是一种艺术享受。经过一段小小的等待，河豚终于"千呼万唤始出来"了！

　　我们吃到的河豚的做法很特别，厨师将河豚的皮肉分离，浓浓的汤汁裹着鱼肉，既入味又便于食用。河豚肉又鲜又嫩，入口即化，且化而不散，怪不得古人会由此联想到西施柔若凝脂的肌肤，连我都要感叹河豚天赐的肌理了。河豚的皮很厚，上面布满了小刺，入口后，滑滑嫩嫩，那口感至今仿佛还在我口中。不用我说，如果你自己看看河豚缠绵浓郁的汤汁，就知道它的营养价值绝非一般。豆豆的舅舅还告诉我们，河豚能治疗胃病，只要每年吃上两条河豚，老胃病都能得到很好的疗养。怪不得古人说"食得一口河豚肉，从此不闻天下鱼"。无论从口感，还是从营养价值来看，其他鱼种确实不能与河豚相提并论。吃完了河豚皮和河豚肉，大家仍意犹未尽，在舅舅的指导下，我们将汤汁拌入米饭之中，做成"河豚捞饭"，要知道河豚汤汁中饱含氨基酸和胶原蛋白，是健身美容的珍品，可不能浪费啊！

　　我们几位大学同窗来自全国各地，奇妙的缘分将陌生少年变成了好友，那些原本陌生的地方因此便有了温度。如果不是认识豆豆，我可能不会有机会来扬中；如果不是来到扬中，我也许就错过了河豚的美味。只因一缘起，一念生，就这么遇到了，这难道不是最好的相遇吗？河豚味美，这美与河豚相关，更与情谊相关。

　　缘来是河豚。

掌故
ZHANG GU

费老夸江鲜

叶锦春

鱼米之乡
江中明珠

敬赠

扬中县委

费孝通

一九八四年十月

费孝通

原全国人大常委会副委员长、著名社会学家费孝通生前曾六下扬中考察，对其跨越发展的乡镇企业以及农村集镇的巨大变化产生了浓厚的兴趣，怀有深厚的感情。费老每次前来，热情好客的扬中人都请本地的名厨烹饪名扬天下的刀鱼、河豚等江鱼款待。而走遍全国、尝尽美食的费老对扬中江鲜情有独钟，并挥毫题词："鱼米之乡，江中明珠"。

1992年10月，扬中市在北京召开新闻发布会，费老应邀出席并发表了热情洋溢的讲话，盛赞小岛扬中敢办大事业，勇创伟业，富民强市。其间他不无风趣地说，"扬中这地方好哇，人好，水好，江鱼更好。我年初在那里吃了6天，体重增加了4磅。"话音未落，全场一片欢笑声，随即爆发出雷鸣般的掌声。当晚，中央电视台新闻联播节目报道了扬中新闻发布会的消息。

陈毅的"高级营养品"

春 华

《人间三月风味好》 中国画 萧平

抗日战争时期，扬中是新四军转战大江南北的"江心跳板"，陈毅司令员曾多次前来视察，指导扬中的革命斗争。

1940 年春，陈毅因劳累过度病倒了，住在扬中新坝地区颇有影响的商人江正康家休养。江正康是个鱼行老板，他把陈毅和警卫员等人安排在后院，前院正常营业，以掩人耳目。看着病中的陈毅仍坚持工作，胃口又不大好，江正康心中好不着急。他一边请当地有名望的中医给陈毅看病，一边挑选新鲜的江鱼，或红烧，或煎汤，不断变换花样、调换口味做给陈毅司令员吃。尤其是烧河豚，如白煨河豚、河豚煲、河豚羹、河豚烧秧草、燕笋河豚等，都是江正康的拿手好菜。扑鼻的香味诱得陈毅食欲大振。

席间，江正康招呼道："乡下人，没有什么好的招待，只有这些江鱼。"

陈毅操着浓厚的四川腔说："好的，好的，这就是我陈毅的高级营养品。"

在医生的细心治疗和江正康的精心照料下，仅七八天时间，陈毅就基本恢复了健康，离开扬中，奔赴抗日第一线。

掌故
ZHANG GU

『学一回苏东坡』

秋实

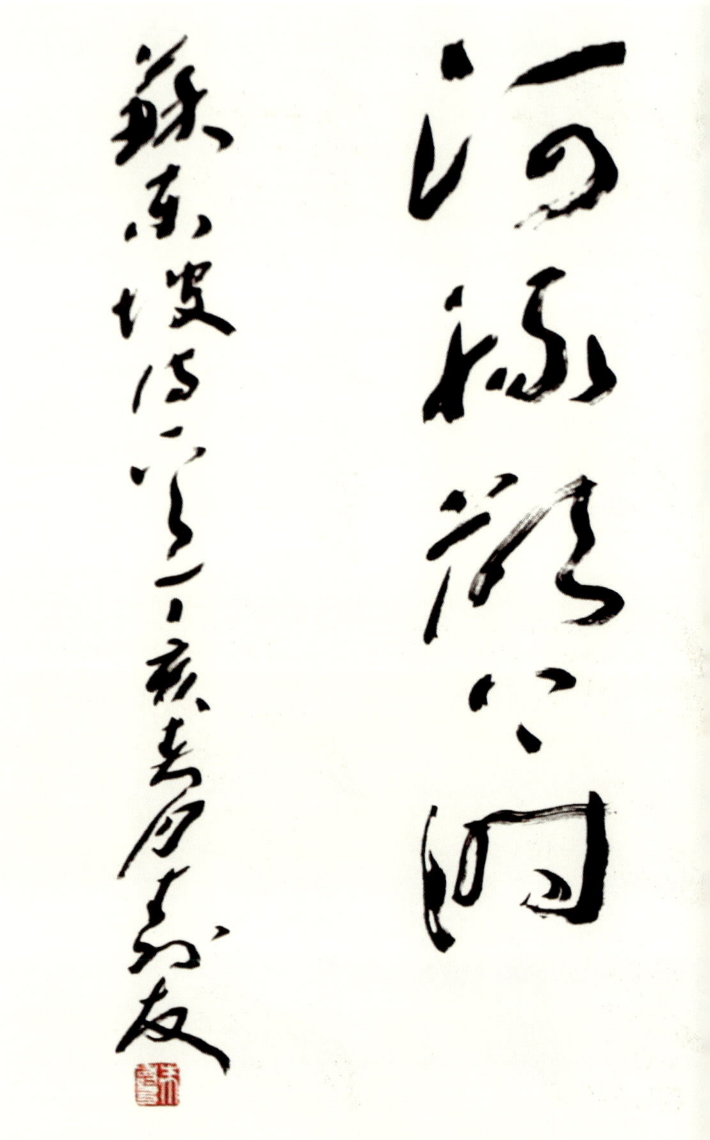

《苏轼惠崇春江晚景》
书法 朱寿友

　　宋代大文豪苏东坡是一个美食家，对河豚更是赞美有加，不仅留下脍炙人口的诗句，还留下品尝河豚认为"值那一死"的佳话。而鲜为人知的是，近千年后，当代著名作家从维熙在扬中"学一回苏东坡"，拼死吃河豚。

　　1995年春夏之交，从维熙率领中国作家协会长江采风团来扬中采风，应邀出席朋友的家宴，餐桌上有香味扑鼻、堪称天下佳肴

竹外桃花三
两枝春江水暖
鸭先知蒌蒿满
地芦芽短正是

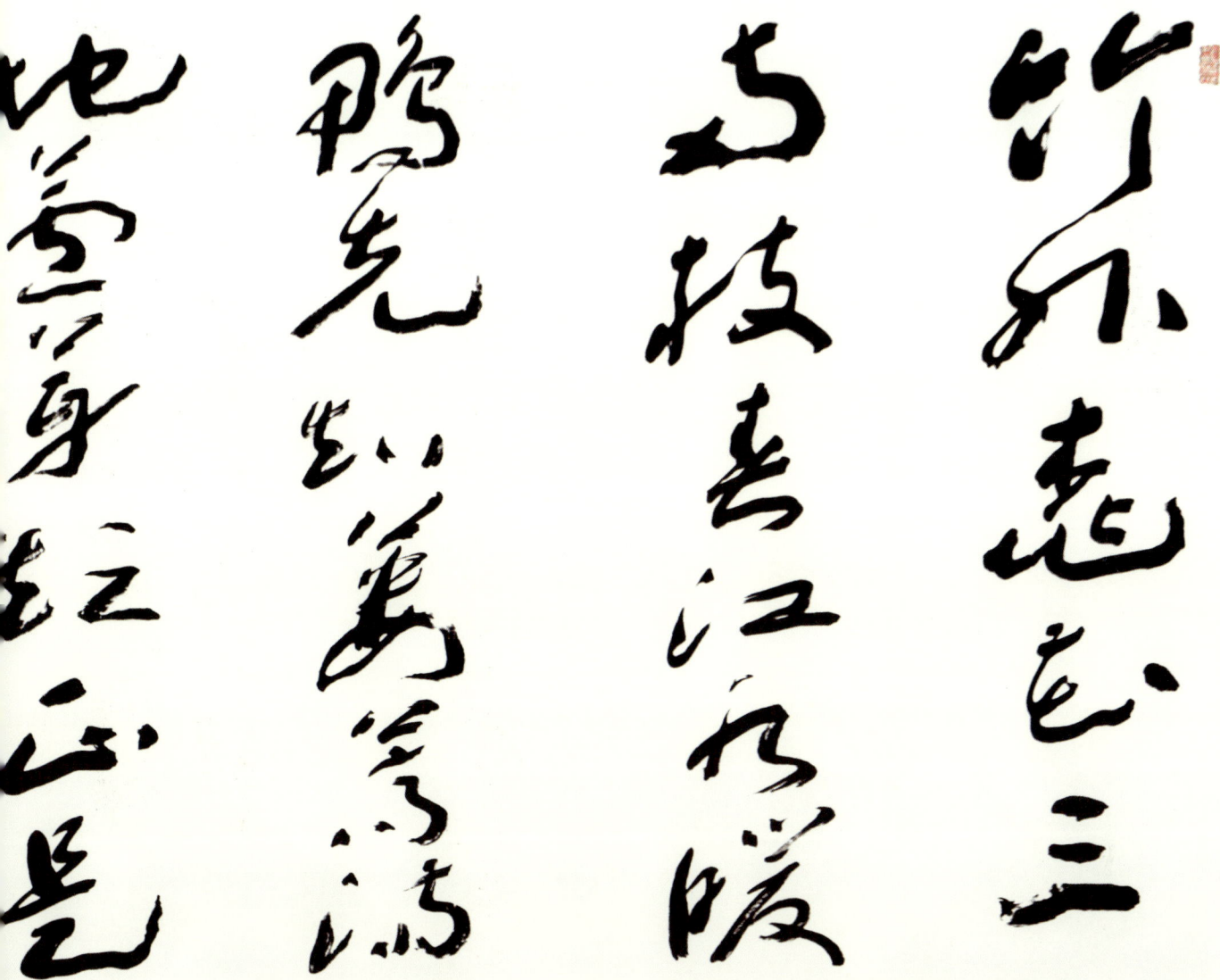

之最的河豚。朋友也不道请，先夹起一块河豚肉放进嘴里，随行的两位女作家也吃了，还啧啧赞美："味道好极了！"从维熙却犹豫了。他知道河豚虽鲜美无比却含有剧毒，自古就有"拼死吃河豚"一说，若真是这样丢了性命，值得吗？如果自己不吃，岂不拂了朋友的面子，对一同前来的两位女作家也不好交代。这

时，他想起了苏东坡，能亲身体验"值那一死"的心境，当不虚此行。他恢复了往日的豪爽，喝着茅台酒，吃着河豚肉，谈笑风生，直至醉意朦胧才回宾馆休息。

这次河豚宴给从维熙留下了极其深刻的印象。不久，他以《学一回苏东坡》为题，真实地记下了平生第一次吃河豚的经历。这篇文章发表在《今晚报》上。

河豚岛上竞芳菲

——"中国河豚文化之乡"专家评审组在扬中考察实录

纪实 JI SHI

　　2012 年 12 月 6 日是扬中市文化史上不同寻常的一天。虽已时值初冬，室外寒风乍起，但该市长江大酒店二楼颐和厅内却暖意融融，洋溢着春天的气息。"中国河豚文化之乡"评审会在此召开。

『中国河豚文化之乡』评审会现场

专家们在长江渔文化生态园内的多功能文化厅中休憩畅聊

评审组一行兴致盎然地欣赏长江渔文化生态园内景观

评审组专家参观大全集团有限公司操作车间

　　由中国文联、中国民间文艺家协会组织的"中国河豚文化之乡"评审组的专家们济济一堂，他们通过查阅资料、听取汇报、观看河豚文化宣传片等方式了解了扬中历史悠久和内涵丰富的河豚文化。中国民协顾问、江苏省文联副主席、民协主席陶思炎作为评审组专家代表主持会议；扬中市委副书记、市政协主席冯锦跃代表扬中市委、市政府致欢迎辞；扬中市副市长蔡萍向专家们汇报了扬中创建"中国河豚文化之乡"的相关工作情况；河豚文化研究者、河豚烹饪技艺传承人孔庆璞与专家们进行了面对面的交流。专家们对扬中人自晋代以来积累的底蕴丰厚的河豚文化印象深刻，对民间食用河豚风俗的历史沿革及其现状，相关的典故、传说等独具特色的文化现象产生了浓厚的兴趣，并对扬中在传统河豚文化基础上孕育出的新时期的"四千四万"精神以及大桥、大堤、大道精神给予了高度评价。

　　评审组专家们先后考察了长江渔文化生态园、渔乐园河豚养殖基地、大全集团、泰州大桥等地。通过实地走访、切身体验，专家们更为直观、全面地感受到扬中浓厚的河豚文化氛围以及河豚文化精髓对扬中经济社会发展所产生的巨大推动作用。扬中市委副书记、市政协主席冯锦跃，扬中市委宣传部部长王继兰，扬中市副市长蔡萍以及扬中市委宣传部副

评审组专家全神贯注地倾听长江渔文化生态园负责人讲解河豚养殖技术及原理

部长、市文联党组书记、副主席曹学松等陪同专家组参观。

参观过程中，专家们纷纷表示，扬中河豚文化历史悠久，积淀深厚，习俗神秘，"先天下、敢担当、纳百川、不止步"的扬中人民紧随时代步伐，与时俱进，

屡创辉煌。扬中市创建了全国首家河豚网，成立了首个河豚文化研究会，汇聚了一批河豚文化研究者，聚集了众多的河豚烹饪大师及餐饮名店，编撰了《扬中河豚菜谱》，制定了全国首个河豚烹饪技术规范，出版了全国第一部河豚美文集《美味"杀手"》，在注重传

专家们正在参观长江渔文化生态园

评审组专家们饶有兴趣地观察养殖池塘内形态各异的河豚

承的同时赋予了河豚文化崭新的内涵，特别是扬中市委、市政府高度重视以河豚文化为代表的地域民俗文化，坚持"注重积淀、放大特色、打造品牌、兼收并蓄"，为创建"河豚文化之乡"做出了不懈努力。扬中市作为"中国河豚文化之乡"是当之无愧的。

参观结束后，专家们对扬中河豚文化的传承保护、宣传推广以及延伸产品的研发等提出了富有建设性的意见和建议，寄望扬中：要以创建"中国河豚文化之乡"为契机，充分发挥优势，擦亮品牌，不断提升知名度和影响力，使河豚文化成为扬中的靓丽名片；要秉持科学的理念，开拓创新；广大实业家要就河豚的药理、营养特性等进行深入研究，在认知的基础上研发和推广新品，造福人类；要在巩固好扬中河豚文化已取得成果的基础上，继续谱写更加精彩的篇章！

"中国河豚文化之乡"评审组专家发言

陶思炎（中国民协顾问、江苏省文联副主席、江苏省民协主席、东南大学教授）：扬中在挖掘和打造河豚文化方面做了很多积极的努力，如创建了全国首个河豚网、成立了全国首个河豚文化研究会、举办河豚文化研究论坛等，河豚文化在扬中已经有了广泛的文化基础和深厚的群众基础，这些都是其他地方无法比拟的。

吕 军（中国民协党组成员、副秘书长）：扬中河豚文化历史悠久，底蕴深厚；河豚美食味道非常鲜美，令人印象深刻。希望扬中要不断巩固研究成果，深入挖掘、探索；进一步加大宣传、扩大影响、夯实群众基础，让河豚文化走向全国、走向世界，让各地名家汇聚到扬中，共同探讨河豚文化，共同品尝河豚美食。

王慧芬（江苏省文联党组书记、常务副主席、书记处第一书记、一级艺术监督）：扬中在全省的影响较大，其民风淳朴，民宅漂亮，人民富裕程度位于全省前列。我认为最正宗的河豚美食就是在扬中，"河豚文化"不仅是扬中一张闪亮的文化名片，而且对于推动扬中文化、经济的发展也起到相当积极的作用。

杨企鹏（江苏省文联党组副书记、副主席、书记处书记、一级艺术监督）：我曾多次来到扬中，每次来必然会品尝这里的河豚菜肴，亲身体会扬中河豚的独特功效，对于扬中内涵丰富的河豚文化也是深有感触。同时，扬中人民自强不息、海纳百川的人文精神也让我很感动、很佩服。

常祥霖（国家非物质文化遗产保护工作专家委员会委员、中国文联研究员）：此次来到扬中，感受了扬中河豚文化的悠久和神秘魅力，品尝了味美绝伦的河豚美食。河豚文化传承人孔庆璞令我印象深刻，其制作的美食给人以极大的享受，不断研究创新的精神令人佩服。希望河豚能在扬中人的努力之下变"禁"为"流"。

刘绍振（中国民协《民间文学》原主编、编审）：扬中"水上花园城市"的美景令人心旷神怡，独特的河豚文化中折射出的自强自立的人文精神令我感触很深，尤其是新时期的"四千四万"精神、"大桥、大堤、大道"精神，让我非常佩服，我觉得扬中作为"中国河豚文化之乡"是当之无愧的。

《城西春波》 摄影 绿野

悠游
绿岛

YOUYOU LVDAO

精彩园博·清新园林

2013 年金秋九月，一场备受瞩目的盛会将在"江中明珠"扬中市拉开序幕。这座长江经济带上的新兴城市将通过江苏省第八届园艺博览会向世人展现其独特的岛园魅力。

此次园博会主题为"水韵·芳洲·新园林——让园林艺术扮靓生活"。围绕这一主题，秉持实现水、城、岛、园四者有机结合的设计理念，园博园的打造力求充分体现扬中的地域特色和自然风貌，实现人与自然的和谐共生和共同发展。

在坚持以人为本、生态优先的基础上，园区以 AAAA 级景区为定位，以园博园主展馆为核心，各市（县）展园、友城园、企业园、设计师园围绕周边临水而建，将富有地方特色的休闲景观、设施小品点缀其间，把水的灵秀和园林园艺的典雅充分融合起来，做到园水辉映、园水共融、园水共生，形成"江中有园、园中孕水、水中透绿"的空间布局。

园博园主副展馆效果图

园博园主副馆、休闲馆夜景图

雨打烟柳落闲庭

——图话扬中的公园　　顾大志

千年绿岛，百里金丝。自晋代成洲，烟柳相伴而生，如影随形，在傍水笼烟、细雨迷蒙之中，交相辉映成一幅幅动人心弦、千回百转的水墨画轴。每逢夏日，雨过天晴，置身堤顶，放眼望去，扬子江畔，烟柳拂岸，葱郁氤氲，绵延不绝。昔日，柳、芦、竹并称"扬中三宝"，一度成为伴随先民逐水而居、拓荒垦地、编织梦想的美好过往，充实并丰富着人们的记忆。而今，"无柳不成园"的习惯也俨然积淀为扬中人心底一种潜移默化的情感共鸣和不约而同的造园追求。

芳草如茵，水城融合——烟花三月的城北公园，宛若一位豆蔻少女，生机盎然，花团锦簇。春回大地、万物复苏的时节，这里垂柳依依，风姿宜人，银杏矫健，彩扇摇曳。这里乔木、灌木和花草浑然一体，植物景观季相变化。乔木有杜英、银杏、雪松、广玉兰、香樟、栾树、榉树、朴树、樱花、桂花、桃花、紫薇，灌木有茶花、绣线菊、红叶继木、红叶小檗、杜鹃、贴梗海棠、小叶栀子，地被有鸢尾、红王子锦带、大花萱草、红花酢浆草，数不胜数，令人目不暇接。城北公园兼

《滨江夕照》 摄影 魏代萍

《我们仨》 摄影 斯彬

具郊园的野趣、宅院的清新，她的背景是车水马龙、流光溢彩的都市风情，主题是小桥流水、闲庭信步的内苑图景，快节奏和慢步调在这里融为一体，和谐交织成扬中人从容自在的丰盛生活。

柳影十亩，藕花半塘——盛夏时节的国土公园，仿佛一位妙龄女郎，盛装华服，婀娜多姿。随风飘舞的柳枝恰似缕缕秀发，荡漾在碧波之上，一俯一仰，吻起片片涟漪，分外妖娆。揽江楼上，凭栏远眺，大江风貌、田园风光、岛城风情尽收眼底。近观可见荷香居、清风亭、吊脚楼、雕花门楼、百米长廊等各式景点围绕着一方巨大而曲折的中国地图形池塘次第展开。尤其是那假山顽石，峰峦当窗，宛然如画，静中生趣，虽由人做，宛自天开；还有那百米长廊，紫藤蔽日，棚下纳凉，清风送爽，荷花飘香，令人赏心悦目、心旷神怡。

曲径通幽，水韵天成——四季如春的城西公园，犹如一位豪门贵妇，雍容典雅，仪态万方。园内地形高低起伏，幽径曲折雅致，水面波光粼粼，亭台水榭风格各异，水性的流淌恰到好处地点染出江南水乡的神韵。园内观赏植物多达两百余种，水生植物和宿根地被极为丰富，以市树、市花为主的大量乡土植物随处可见，真可谓"四季花似景、月月色常青"。

平沙落雁，渔歌唱晚——霞光辉映的滨江公园，恰似一位婉约少妇，淡雅清新，柔情似水。此处毗邻夹江，占地四百多亩，自然湿地、各色杞柳、芦苇芦竹、休闲广场、人行栈道、迎江阁、观鸟台等各类景点移步换影，妙手天成，为人们勾勒出一幅滨江湿地、岛园风光的写意素描。每当夕阳西下、渔人罢棹、炊烟唤归的时候，这里轻风微醺、野烟千叠，水天一色、霞鹜齐飞，置身其中，可闲看落花、静听流水，舒适轻松，倍感惬意。

扬中的"四大园林"各具妙心，河水涟漪而多姿，花草生动而多姿，石头玲珑而多态，柳树娇柔而多情，这些灵秀、窈渺、清虚、空灵、简远的园林之美，无不渗透着设计者的独具匠心，他们或叠石理水，或莳花种竹，或意驰草木，乐此不疲地诠释着对生活的感悟。

西窗夜雨闲听叶，水岸晨烟柳色浓。岁月如歌，红颜易老，终有一天，物是人非，唯有那绝胜烟柳仍将常绿常新。

生态园 仪态万方 秋天

冬日的一个午后，阳光温暖而贴心，我们一行三人来到了扬中朝阳湖生态园。车子轻轻驶过"鳌鱼负山""连年有鱼""鱼戏莲叶间"等7座精美的雕塑，那些与眼前雕塑有关的诸如"鱼儿割腿补天"的美丽动人的神话故事同时在脑中回放。进入龙门大厅，第一眼就被南宋刚直不阿的诗人王十朋的20字联语所吸引。我用狡黠的眼神望着玲，逗她道："这副对联怎么读？"她默默念了一会，皱起眉，而后很自信地指着最后四个字说："长长（涨）长消！"真不愧是南师大毕业的，第一次接触这个运用了叠字、谐音、顶真等手法的绝妙佳联，就能准确地读出最后四个字。20年前我就熟悉此联语，便"显摆"起来："上联：江水朝（潮）朝朝朝（潮）朝朝（潮）朝落；下联：浮云长（涨）长长长（涨）长长（涨）长消。"她兴趣盎然地跟着我连读几遍，这副名载千古的对联引起了我们游园的浓厚兴趣……

步入园内，但见曲径通幽，一棵棵高大的"树"遮天蔽日，盘根错节。一株株热带名贵植物郁郁葱葱，给园子带来勃生机。缩微景观"沙漠"中，一棵棵或大似翡翠烛台、或小如绣球的仙人掌，惹人怜爱。一条条似溪又似河的弯弯流水巧妙地穿越占地800余亩的主园，处处见流水，时时闻水声。硕大的鹅卵石在清澈的溪水中，坚如磐石；色彩鲜艳的鱼儿，游弋独乐。林茂、石怪、溪秀。"声喧乱石中，色静深松里。踏月缘溪行，临风听蛙声。"似有一股山野之气扑面而来。

江上渔村的小木桥，呼应着桥那边"沁芳轩""可竹轩"等半通透式的"渔屋"包厢，小草小花点缀其间。不远处就是别具一格的"简中仙"，竹子是"扬中三宝"之一，竹简中有"鱼"贯其中，水中游动的鱼和雕塑的鱼，一动一静，形成呼应。雨后，若与三两知己泛"舟"用餐，闻着鱼香，赏读着每一片竹简上有关鱼的诗句，品味鱼的鲜美、感受渔

笑容可掬的潮阳湖生态酒店主厨沈健

文化，伴着微风，船儿荡漾，欣赏"林断山明竹隐墙，乱蝉衰草小池塘"，林、山、竹、墙、蝉、草、池塘，夕阳西下，渔舟唱晚，享受如此清新、唯美的意境，夫复何求？

园内的亭台楼阁、假山木桥，气宇恢宏，无不折射着江南园林传统的审美趣味。尤其令人难忘的是，整个园区以十大词牌名展开和布局。十大词牌名中多描述美丽风光或与"渔""鱼"内容相吻合，从而形成整个园林的十大景点。或婉约、或豪放的唐诗宋词，在这里随处可见。游者欣赏着江南园林之秀美，口中吟咏着诸如"敢问世间情为何物？直教人生死相许"等一首首千古佳句，这是怎样的一种赏心悦目？我们仿佛踏进了迷人的诗词之乡，古诗词以其独特的魅力再次滋润着我们的心灵。

望着眼前的景色，不禁想起柳宗元《小石潭记》中的佳句："隔篁竹，闻水声，如鸣佩环，心乐之……青树翠蔓，蒙络摇缀，参差披拂。潭中鱼可百许头，皆若空游无所依。日光下澈，影布石上，怡然不动；俶尔远逝，往来翕忽，似与游者相乐。"千年前的唐朝诗人柳宗元的这一千古名篇，此时与眼前的景色是何等吻合。

"颍水东流"位于共享大厅，是整个园区面积最大的区域。此区域由中心散台区、生态舞台、观鱼台、沧海桑田、海鲜池几部分组成。两侧水系沿舞台展开，清澈的颍水向东流淌。共享大厅东侧，江上若隐若现的孤帆渐渐远去，青山之下白浪飞翻，雨声滴落在树叶上滴答作响。共享大厅的东南侧，屹立着参天古树古木洞天。

此处四季如画。春日，水边绚丽多彩的

碧桃宛如一条彩色的锦带融入水墨写意之中；夏日，一朵朵荷花依偎着碧绿滚圆的荷叶，在轻柔的雨丝中入眠；金秋，芙蓉争艳、芦花飘香，鱼儿嬉戏其中；冬日，竞放的腊梅风姿绰约、清香远溢。古人有诗曰："白鸟一双临水立，见人惊起入芦花。"

走过海鲜自选池，在共享大厅"满江红"驻足观赏观鱼台……这一个个包含着设计者心血与智慧的作品，必将给人带来审美的愉悦，为扬中河豚文化以及长江渔文化的弘扬与发展作出贡献。我们一路感叹着，陶醉于设计者与园主人匠心独运的大手笔之中，美的享受、心的陶醉，令我们"沉醉不知归路"！

不知不觉，两个多小时过去了，眼前就是龙鱼宫。欣赏了美丽的江南园林风景，有着王府大院遗风的"龙鱼宫"别有洞天，顿时令我们眼前一亮。我打趣道："恭王府到也。"玲随口应道："侧福晋在此恭候！"大家相视一笑。这个区域共有观澜阁（它是乾隆皇帝南巡时逗留的行宫，是一座精致小巧的古雅庭院，行宫为两层建筑，阁外惊涛骇浪，波澜壮阔，潮声震天，故名观澜阁）、览胜阁、华严阁、宝墨阁、松寥阁、文昌阁6个包厢。每个包房都设有独立的备餐间、卫生间以及会客区，豪华大包还设有私家后花园……

园内的厨师沈健是酒店的江鲜主管。别看他只有36岁，他烧河豚已整整17年。聊起河豚的烹饪技艺，他如数家珍，眼中满是热爱。他烧的河豚，汁厚味浓，色亮味美。他曾数次参加市级河豚比赛，均名列前茅。当问及一次承办70桌大席、烹制300条河豚是否担心失手时，戴着眼镜、外表很斯文的他，用最朴实的话答道："不担心，因为我喜欢做并且胸有成竹。"可以预见，沈健和他的团队必将以精湛的厨艺给客人们带来一场又一场视觉和味觉的盛宴。

我们一路说说笑笑，不约而同都脱下了厚厚的冬衣，仿佛春天提前来到这里。园外寒意袭人，园内却是温暖如春。抬头看，只见夕阳西下，酡红的晚霞给整个园子披上了一层暖暖的色彩。略感疲乏的我们，坐在亭子里小憩。玲突然感叹道："整个园子走下来，感觉不像身在扬中，而像在外地旅游。"我笑而未答。随即打开电脑，准备给她一个小小的惊喜。当电脑屏幕上出现生态园二期工程的一幅幅多姿多彩的蓝图时，她专注地看着，不时对大手笔的设计与园主人的生态理念赞赏不已。尤其是占地面积约18000多平方米的农业观光温室更让她惊喜。

热带水果长廊总面积约2700平方米，内设有竹艺回廊瓜架、亭榭、假山、瓜菜小品、水系，计划种植100多个国内外优秀的瓜类品种。这些瓜有的供食用，有的供观赏，有的适合加工成工艺品。我们边看边憧憬着、赞叹着。想象着当春风又绿江南岸时，温泉会所、湖边烧烤、湖边垂钓、大棚果蔬采摘、酒吧、茶吧、湿地公园、"鲜花岛"、"漱芳斋"、大闸蟹、江豚戏水等景点和休闲场所，其情影与芳姿定会美不胜收，令人目不暇接！

此刻，暮色四合。刹那间，园内亮起一盏盏色彩斑斓的华灯，山间小桥下骤然响起了哗啦啦的流水声，放眼四望，夜幕下，色彩斑斓的园子又是另一番迷人景色……

翌年春天，这儿又该有多少惊喜等候着我们？

（本文配图摄影 张 杰）

风雅盈面话"长江"

徐 琳

　　"万里长江呼日出，千年绿岛应潮生。"这幅意境深远、对仗工整的楹联作于 20 世纪 90 年代，出自扬中本土作者张家春老先生之手。简简单单的 14 个字不仅描绘出一幅气势恢弘的写意江景，更给人一种时空变幻的无限深邃之感，当之无愧为"江洲第一联"。长江赋予小岛生命，在大江的滋养下，扬中与长江结下的深厚渊源已绵延了千年之久，并且还将一直延续下去。因此，在这座小小的绿岛之上，你会在不经意间发现"母亲河"融入小城血脉的印记，直接以"长江"命名的长江大酒店便是其中一个标志性代表。这座古风淡雅的殿堂，经过近 10 年的探索和积淀，以其大气而庄重的定位、古朴而含蓄的装饰、清新而优雅的风格，汇集起八方贤客，引领着一座小城现代餐饮文化的潮流。

　　步入"长江"的大殿，置身于明净宽敞、简约时尚的接待大厅，立刻感受到这座四星级酒店的高档品位，黑色金边大理石柱、雅致独特的矩形吊灯、古韵十足的山水画、星星点点的亮彩饰物等无不体现出殿堂的端庄与优雅。

一曲古风意

　　铜色铁圈帘布，黑色漆光钢琴，巨大的山水壁画，"长江"的西餐厅处处体现出中西结合的就餐时尚。厅中就餐席宽松舒适、简单素雅，为客人营造出轻松、愉悦的休闲氛围；服务吧台装饰别致，品类齐全，西式菜肴、中式茶点一应俱全。吧台旁一米多高的金鱼缸特别吸引客人的眼球，色彩绚丽的金鱼游弋其间，甚是可爱。大厅中那一排出众的青花瓷器中，盛着十余种上等茶叶，

飘出几缕淡淡的茶香；环绕四周的翠绿色树木和竹林盆景，清新淡雅，别有一番韵味。

步入"长江"的包厢，金色的繁纹墙纸、青铜色的花鸟字画、白色的瓷器餐具、红色的刺绣软椅构成了统一的装饰风格。与此同时，在大师们的精心设计下，每间每阁又依据其含义各异的厅名彰显出独特韵味。"兰韵"便是其中的一间高档包厢，《周易》云："二人同心，其利断金；同心之言，其臭如兰。"古人常将友人之间的真挚情谊比作"兰交"，设计者也正是希望来此的宾客都能结成兰友之交，友谊长存。你看，那明净而透亮的落地窗，镶嵌着墙镜的粗大梁柱，墙角仿古的欧式酒水小推车，彰显出中西合璧的典雅韵味，营造了明亮、适宜的入餐氛围。置身其中，使人不由自主地感受到主人那热情真挚的待客心意。正中的餐桌上，别致地构建出一番纯纯的"水乡风情"：几个小院、一座石桥、一只渔船、几株青树，尽显风雅韵致。

"举世爱栽花，老夫只栽竹，霜雪满庭除，洒然照新绿。幽篁一夜雪，疏影失青绿，莫被风吹散，玲珑碎空玉。""扬州八怪"之一郑板桥轻吟出传世诗句，也道出爱竹之人的清高气节和独特品位。竹耐寒挺立，心虚节贞，德比君子，故称为"君子竹"。想来一楼唤作"竹苑"的包厢必是为同样爱竹的谦谦君子准备的吧。踏入其中，微风吹拂，竹叶沙沙作响，为宾客们创设出幽静而唯美的就餐环境。墙上一幅青翠欲滴的名家竹画，仿古宣纸做成的壁纸，雕琢精致的红木椅，再配上一面整密而细致的竹编窗帘，点点滴滴都凸显出文人雅士的书香气息，弥散着淳朴的古意。

一缕古韵香

河豚——"长江三鲜"里首屈一指的江鲜美食,倘若用"鲜"字去描绘其曼妙迷人的舌尖滋味,似乎有些"埋没"了它的美感;倒不如称其为"仙",或许可以星星点点地体现出它的奇异来。每年的三到五月,"长江"便会以河豚会友。厨师们总是精心烹饪出红烧河豚、清蒸河豚等多个主打名菜,热情地迎接八方食客的到来。从最初的选料到后期的熬制,从精心的装盘到最终的上桌，每分每秒、每道工序，看似简单却颇有技艺，终究锤炼出"仙"鱼的诞生。那醇香之气，由鼻入喉，由口入胃，传遍全身、渗入血液，真乃奇乎妙哉！

"寿康鸡"是"长江"的第二特色。很多人都是只闻其名而不知其意，简简单单的一只鸡，没有白酒、姜蒜、味精做调料，没有秘制汤汁为锅底，就只是撒些食盐，放于蒸笼之上清蒸数小时便端上桌来。观之平淡无奇，食之却欲罢不能：肉质酥烂，仿佛不需咀嚼，便已融入口中；细细品味，淡淡的中草药味沁人心脾，还隐隐带着一丝清新的山间竹笋味。原来，此鸡乃为山间竹林中放养长大的矮脚鸡，以名贵中草药喂养而成，肉质营养丰富，长期食之可增强体质、延年益寿。

"木桶牛柳"是"长江"自创的一道中西结合的特色菜。据厨师透露，此菜乃是淮扬菜的升级，烹饪手法精细独特。其选用上等的西冷牛肉为原料，切为均匀的条状，后经酱制、爆炒、木桶熏蒸等多道工序烹制而成，肉质软硬适宜、香嫩多汁，深受宾客们的欢迎。

一段古乡情

竹藤椅、红木桌、紫砂壶、铁观音，这便是"长江"洽谈闲聊的好去处——茶吧。在这里，没有外界的喧嚣吵闹，没有世俗的争名夺利，有的只是一份简单而舒适的宁静，温婉而随和的心情。红色大理石桌上，整齐摆放着一套颇具诗意的茶艺道具，品茶者亦可是泡茶者。对面的会见室，一派"富

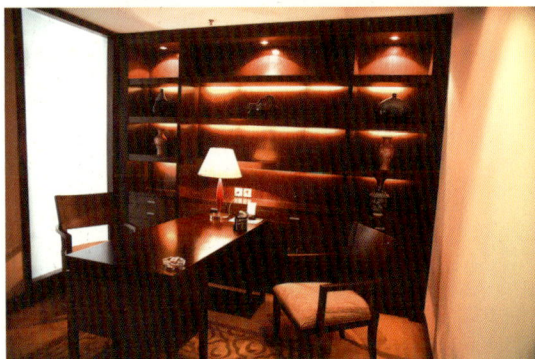

贵牡丹开满堂，八方人士共欢聚"的富丽堂皇。踱步其内，只见头顶高悬数幅硕大的牡丹壁画，墙上为气势磅礴的毛泽东题词，迎面是高山流水萦绕的迎客松，让人顿觉古典雅致的奢华感扑面而来。大气，却不显压抑；庄严，却不失亲和。这里，不知记录下多少宾主相逢，见证了多少握手言欢。

福字灯、白沙帘、红坐椅、金床被，从你推开"长江"的客房门的那一刻起，就可嗅到这里处处弥漫着的"家"的幸福味道。脚下印有祥云图案的毛巾地毯绵软舒适，仿若踩在云朵上般悠闲自在。环顾四周，色彩绚烂的蒲公英油画，马赛克拼接的瓷砖镜边，古老而幽暗的窗前台灯，浴室里的一株绿色小竹，都竞相散发出朴

素淡雅的古香情意，带给人一份安心和温馨。宽大的双人床上整齐地铺着洁白的棉被，让人不由自主地想停下脚步，倒在这软绵绵的大床上感受无边的温暖，慢慢褪下满身的疲惫，安然入梦……

行文至此，不由感到一股风雅之气扑面而来，长江大酒店的每一个角落都透露出独具韵味的岛乡风情，每一个细节都体现了"长江人"的匠心独运。从一句简单的"欢迎光临"开始，从一杯热气腾腾的香茗散开，"长江人"正以其无微不至的服务感染着每一位来宾，用他们真挚的心为这座风雅盈面的殿堂增添动人的人文情怀。

（本文配图摄影 孙 林）

寻一点禅心   方莹莹

亲近一座庙宇，便是结下一段佛缘，即使只是偶然邂逅拈花一笑般的禅意，也能在纷扰的尘世中回归刹那的安宁。

——题记

幼时随祖母一同至太平禅寺上香，模糊记得那天是农历六月十九，观世音菩萨成道之日，三跃街的庙会上人头攒动，寺庙里的香火很是旺盛。无奈当时年少，只是一个劲儿地躲在大人身后，瞪大一双眼，甚为好奇地打量那些穿长袍、披袈裟的光头僧人。而今，祖母已离我远去，在西方极乐世界护佑家人；三跃镇早已与其他乡镇合并，更名为现在的经济开发区；曾经熙熙攘攘、热闹非凡的庙会，也不知从何时起成为人们记忆中的陈年旧事。唯独太平禅寺，还是原来那座寺庙，依旧在原来那处地方。多年后，再次踏入这似乎熟悉又完全陌生的佛门净地，自是另一番心境，蓦地想起一句诗："人面不知何处去，桃花依旧笑春风。"

初入禅寺，在门口遇见两妇人向进庙者售卖佛香，同行的一位先生随口应答："佛自在心中。"一妇人随即笑道："佛也需香火供奉。"如此唱和，倒是生动有趣，算得此行中一段悦心的小插曲了。来这世间受苦受难的芸芸众生，借佛之名讨些辛苦生计，佛陀想必也是乐意的。

入得寺来，进门处天王殿的墙壁因些许剥落而略

《观音菩萨》 中国画 陈振江

显斑驳，但仍看得出年代并不久远。跨过高高的门槛，殿内正中供奉着一尊弥勒坐像，弯眉笑眼，袒胸露腹，不拘小节、洒脱大度之态尽显。相传五代时的契此和尚为弥勒化身，他常背着个布袋游历天下，出语无定，随处寝卧，有人向他请教佛法，他只笑而不答，悟者自悟，迷者当迷。人常说弥勒佛"大肚能容，容天下

难容之事；慈颜常笑，笑世间可笑之人"。在我看来，"一笑了之"背后所蕴含的恰是一颗"随性、随遇、随缘、随喜"的自在之心。眼前这尊弥勒像慈眉善目、笑得坦荡，似看穿了这人世间一切的悲欢苦厄，看透了这座庙宇曾经历的坎坷过往。

曾被唤作"太平洲"的小岛扬中本是由长江江水

冲积形成的一片江心沙洲，东晋年间浮出水面，北宋时期始有人烟。由于地理位置特殊，这里成为一处避世"桃源"、一方安居乐土，自八方而来的小岛先民拓荒耕织，繁衍生息，从此在新的领域建树起自己的宗教信仰和精神家园。在扬中历史上流传着"一里三关（关帝庙）五庙"的说法，其中以下东岳庙规模居首，这座寺庙正是太平禅寺的前身。

从禅寺方丈心和大和尚口中得知，下东岳庙始建于清康熙年间，道光时又重修一次，共有大小殿堂近百间。然而"文革"一场浩劫致使寺庙惨遭厄运，除保留一座后殿，其余建筑均被拆除。直至1995年，下东岳庙才被批准重建，其时，镇江金山江天禅寺原方丈慈舟大和尚亲临选址，并取洲名太平之意，定名为"太平禅寺"。讲述者说得平静，但作为听者，闻得这段往事却涌上几分心酸。未曾经历，自然无从知晓当时是何种情况，只想象近百间佛门殿堂被瞬间摧毁、轰然倒塌的情景，该是怎样一种无法言说的时代伤痛。

所幸我们今天还能看到寺庙涅槃后的重生，一座气势恢宏的大雄宝殿在毗邻原址的位置上屹立起来，这座投资约1600余万元，高34.6米的大殿，在江、浙、沪县级寺庙中规模堪称一流。我们来得正巧，恰遇上庙里举行佛事活动。大殿之中供奉有三世大佛、十八罗汉、文殊菩萨、普贤菩萨、海岛观音等各方神圣，整个殿堂流光溢彩、庄严肃穆。大殿右侧上方悬挂着一口大钟，每年12月31日，这里都会举行撞钟祈福迎新的盛大活动。聆听着如水般潺潺流淌的佛乐，不由得也随着僧人们一起双手合十，闭目静思，接受佛法的教化和洗礼。有那么一刻，心是澄净的，仿佛感觉不到自己的存在。佛事完毕，佛乐骤停，一下子缓过神来，我又重新回到了现实世界。"菩提本无树，明镜亦非台。本来无一物，何处惹尘埃。"佛偈中的禅意也许只有得道高僧才可真正参悟吧。被红尘俗世所烦扰的人们，又岂能彻底抛开杂念，抵达空无境界呢？

我想，每个人的心里应该都有一尊佛，它是我们心灵深处守护的一丝不灭的光亮。

太平禅寺的扩建工程甚为浩大，规划中的藏经楼、观音堂、伽蓝殿、宝塔、放生池等项目尚未动土。虽无缘得见，却也并不遗憾，留下些期待的念想同样美好。

寺院前新落成的太平广场倒是休闲的好去处，亭

太平广场

台楼榭错落有致，曲水长廊迂回盘旋，一色的青瓦白墙，简约却不简单，自然而不失雅致，弥漫着浓浓的水乡风韵。只是一切还太过新鲜，缺了一份古朴的气质，少了那么一点文化的意趣。当然，历史的积淀又岂是一朝一夕即可促成，必定要经过漫长的打磨和雕琢。

喜欢太平广场牌坊背面的一副侧联："江上流云投净土，人间烟火笼禅林。"词藻典雅，意境清幽。可叹人终究是浮躁的，在这变化无常、光怪陆离的世间，难免忧心迷惘，难以寻觅到精神的归属。而小岛的人们确是幸运的，在这片陆地面积只有300多平方公里的江心洲上，存在这样一处给予我们心灵寄托的福地，是值得永久善待和珍视的福祉。纵使太平禅寺这座名不见经传的小小寺庙远不及文脉悠远的千年古刹，她终是一方水土具有象征意义的人文符号。佛说，"众生平等"，何况庙宇乎？想来"请佛住世"，只需心诚即可。

（本文配图摄影　张杰）

秋水茶香不染尘

欣欣然

　　一个午后，我走进秋水轩茶社。大大的玻璃窗外最养眼的就是郁郁葱葱的花花草草，还有一件件陶土艺术品、墙上引人遐思的名画，以及轻轻的像水一样漾过来的美国乡村音乐……茶社的布局很有欧式风味，处处显示出主人的匠心独运与文化素养。室外是喧嚣的闹市，室内是静静的品茗人。店主人朱玲刚从欧洲旅游回来，高挑的身材配一身休闲服饰，显得优雅而自信，我们边喝茶边聊起来。

　　1995 年，朱玲毕业于南师大美术系。她是一个外柔内刚的女性，认准的事谁也左右不了她。学油画专业的她，放弃铁饭碗，开起了茶社。为了尽快熟悉茶道，她成了江苏省茶叶协会理事蒋健明的关门弟子。她系统地学习陆羽的《茶经》，并会娴熟地表演功夫茶道。就这样，她在家乡扬中办起了该市第一家茶社——秋水轩茶社。

　　有一天茶社来了一位身背行囊的八旬老人，老人

coff ee & tea

特爱茶道，他津津有味地观看朱玲表演功夫茶道。这对忘年交就茶道、书法、绘画等话题聊得十分投机。老人名庐其宇，是一位美籍华人，现任洛杉矶炎黄书法协会会长，这次回国旅游，从泰山经过时，无意中听说有一个叫扬中的地方，便寻了来，准备在举目无亲的扬中逗留几日。老人说很庆幸能在这座岛城见到如此品位高雅的茶社，他深感不虚此行。他即兴画了一幅梅花，挥毫写了两幅书法作品赠给朱玲。书法作品苍劲雄浑，上书道："秋水茶香不染尘，静观万物皆自得。"老人临走时与朱玲相约："如果明年上帝没有召我去的话，我还会来茶社品茗。"谈起这位可爱的老人，朱玲至今仍感到很温暖。这位跑遍了千山万水，历经纷繁世事的老人如此喜欢她的茶社，令她很感动。由此她明白了秋水轩的价值所在，从而坚定了她无论多难也要坚持下去的决心。

不经意间，秋水轩已陪伴朱玲走过了10多年的岁月，力求完美是朱玲的个性，用她的话说，她就是喜欢"折腾"。在她的几经"折腾"下，任你走到秋水轩哪一个角落，你都会被其清新独特的欧式风格所吸引，中西文化在这里汇集、交融。你看：木质茶几、木质地板、木质屏风，仿佛让人回归了自然；一幅幅引人入胜的油画，海蓝色的沙发，窗台上的雏菊散发着田野气味；"项脊轩""旧雨阁""桃花源"等一个个充满古典诗词意境和先秦文化气息的包厢，在橘黄色的灯光下，有一种神秘，有一种怀旧……在这里喝茶聊天，品尝咖啡，尽情享受难得的孤独，与友人分享喧嚣尘世外的这份宁静，那是怎样一种滋润心灵的审美愉悦！

茶，从字面上解释，即人活在草木之间，它集山泉之灵气，汇佳木之幽香。现代人的生活节奏加快，不免有些浮躁，倘若忙里偷闲与友人去茶社喝喝茶、聊聊天，梳理一下纷乱的心绪，岂不乐哉悠哉？

（本文配图摄影　徐波伟）

《水上人家》摄影 陈文

岛园
诗画
DAOYUAN SHIHUA

诗歌对一座城市意味着什么

石华鹏

《幸福的颜色》 摄影 绿野

千百年来中国伟大的古诗用那些经典的诗句塑造的"诗意"形象"武装"着人们的头脑，许多人理所当然地认为，诗歌就是应该充满诗情画意，如果没有诗情画意，要诗意干什么，要诗歌干什么呢？所以，当我们穿行于扬中这座小城的大街小巷，时常会与诗歌不期而遇：房地产商的广告牌上印着"面朝西湖，春暖花开"；公园的提示牌上写着"没有比人更高的山，没有比脚更长的路"；报亭的《扬中日报》副刊上刊登着诗人最新的诗作《城市的秋天》——树叶穿着金黄色的华服，在秋风中跳舞，她最后一眸，留给了严肃的枝干……

如果一定要谈论"诗歌与城市"的话，那么诗歌对城市的最大贡献，是诗歌献上了自己的诗意，这些分行的文字吹出的阵阵诗意之风，让城市笼罩在自我陶醉的阵阵诗意之中，也让城市多了一个美丽的修辞——"诗意城市"：高楼林立的生硬拥有了一分柔情，川流不息的街道拥有了一分风雅，人造古街的簇新拥有了一分古意。面对此情此景，荷尔德林说："辛勤劳作，然而人诗意地栖居在这片大地上。"自从诗人说出了这句经典名言后，生活在世界上任何城市的人们都在重复这句话，"人，诗意地栖居"成为一句响亮的口号，也成为城市最大的"诗意"。很多人会说，我的房子窗明几净，我的小区井井有条，我们的道路绿树成荫，我们的公园花团锦簇，这就是我们城市的诗意，我们"诗意地栖居"着。

我不否认，这的确是一种诗意，但是我要说这是城市的一种"小诗意"，真正的城市"大诗意""真诗意"，是那些诗人笔下彰显的城市气质，比如：波德莱尔笔下"巴黎的忧郁"；洛尔卡笔下纽约的喧嚣；博尔赫斯笔下布宜诺斯艾利斯的激情……洛尔卡写纽约的诗仿佛交响乐，有着纽约的喧嚣与繁复，他说："作为真正的诗人，你要比他人更好地懂得怎样把所有痛苦，把人们承受的巨大悲剧及生活中的不义注入你那深刻之美的戏剧中。"生活在布宜诺斯艾利斯的诗人博尔赫斯对这座城市的发现，来自对城市诞生之初的激情追溯，他写道："祖辈的苍凉的声音"，"他们从遥远的过去，对我们发出凄楚的呼唤"，"通过喧闹繁忙的街市，遭到冷落、暗哑黯然"。

没错，诗歌对一座城市的发现，更多的是直面现实时、内心的痛苦以及各种复杂情愫。那么，为什么说这些是一座城市的"大诗意"，而绿树成荫、诗情画意是一座城市的"小诗意"呢？因为依照波德莱尔的观点，严峻的现实用诗歌表现出来就变成了美，内心的痛苦伴随音律节奏就使人身心充满了静谧的喜悦，所以，诗歌、诗人、城市三者构成的"大诗意"仍然是美，是内心静谧的喜悦。

所以，在城市"人诗意地栖居"，多像一个美丽的梦啊！我们的栖居苦于住房的短缺，即便不为住房的短缺发愁，我们今天的诗意也被工作所困扰，也被柴、米、油、盐所羁绊，也被追名逐利弄得焦头烂额，也被娱乐消遣搞得心荡神迷。所以我愿意相信，"城市诗意"是一个想象中的概念。

诗歌对一座城市意味着什么？

除了意味着想象中的诗意外，还意味着希望与寄托。对于一座城市而言，诗歌不是作为现实而存在的，如所有的艺术门类一样，诗歌是作为人类的一种希望与寄托而存在的。城市很拥挤、很喧闹、很焦虑，城市有不公、有压力、有歧视，但是城市也有诗歌，它能慰藉我们、拯救我们，给我们的内心以希望和寄托，就像波德莱尔写下巴黎的罪恶、洛尔卡写下纽约的喧嚣、博尔赫斯写下布宜诺斯艾利斯的冷落一样，他们不是为了发现一座城市的假、丑、恶而写下诗歌；相反，他们是为了拯救城市、慰藉人心而写下诗歌，为了城市的美和静谧的喜悦而写下诗歌。

如果说城市是我们身体的故乡的话，那么诗歌则是我们心灵的故乡，当诗歌与一座城市紧密相连的那一刻，我们身体的故乡与心灵的故乡便走到一起，那一刻才是真正的诗意。城市最初的名字是交换的场所，诗歌永恒的魅力是大无大有，当诗歌走向一座城市，便是让诗歌走出虚无；当一座城市拥有诗歌，便是以意义和精神的能量去丰富城市。

所以，一座城市对诗歌和诗人的态度，应该是宽容、理解、拥抱和褒奖。据说，巴西的城市里约热内卢以拥有诗人马努艾尔·班德拉为荣，尽管马努艾尔·班德拉不会开车，也没有车，但政府仍然送给他一个免费的永久停车位。在他位于里约热内卢的公寓楼前，一个停车位上用油彩写着硕大而鲜艳的英文单词："POETA"（诗人）。这个鲜艳的英文单词让人感动，它的象征意味已经超越了一个停车位，它象征着在拥挤的城市中诗人拥有着尊贵的一席之地，也象征着诗人、诗歌与一座城市的友谊，还有什么比这更重要的呢？

关于"诗歌与城市"，我想说：一座城市可以拥有很多，但最好要拥有诗歌；一座城市可以没有很多，但最好不要没有诗歌。

定风波·扬中镜像（外一首）

祝亚星

君子乘舟涉大江，碧波声近远家乡。垂翼飞天天不许，擂鼓，长桥自架渡八方。

行客如云来复往，分享，江鱼芦竹柳花香。有志与天争胜负，关注，将军楼是小村庄。

满庭芳·曼珠沙华

如火如荼，如痴如醉，我在秋水之湄。一般开谢，花叶两相违。泪在花开刹那，缤纷坠、零落难窥。三途畔，忘川失路，不见有人归。

轮回。天界阔，燃灯引客，行道迟迟。且循棹歌声，走到迷离。佛说千年等待，空剩了、冷露凉霏。从今始，我来时节，不许有人悲。

《浴》 摄影 陈文

迎春花

蓝 蓝

在它之前全部是一个长夜
田鼠蜷在深深的洞中
在它之前还没有苞蕾和蓝雨
还没有凤仙草
转红在向阳的山坡

它必定是大孩子爱的少女
必定用金黄的辫子拉车
瘦瘦的垄沟和坟地
必定被抚遍
被滴洒同样的芳香 同样
是带雨珠的第一朵

迎春花呵
美给了春天什么样的眼睛
——百合、野梅、衔泥的紫燕
盛开在晨风中的牵牛
是人们随后才看到的

《迎春花》 摄影 企待

十年

路 也

计划中的十年，不长也不短
足以使我结识这个岛上的每一棵树
叫出每一株草的芳名
足以使葡萄园吸干大地里的甜
足以使江水把大堤的石头冲刷得发亮
使枇杷树下的那只小猫成为最老的祖母
使一只蚂蚁从岛的最南头行至最北头
使我从诗人变成农妇
再从农妇变成诗人

啊，十年不短也不长
足以使体内的器官经历战争与和平
生命进入秋天
足以使我们像曾经的那样
杳无音讯八年，再相约见面
足以使你穿过层层淤积的黑暗
挖掘出我身上的那个楼兰

《生命》 摄影 张杰

一年

孔 灏

一年的雪花谢了
一年的李花开了
一年的南风把一年的月光酿成美酒
醉里挑灯
我看见了一年的芳草
染绿了一年的马蹄声

这一年谁是我的天涯
这一年
谁在等着我回家
这一年的江湖老去了多少少年
这一年我离开
我还能不能站在你面前让你知道啊
我　已经回来

这一年远了
一匹马　在岁月中扬起了它的鬃发
像是我的笔抬起
像是我的笔放下
这个世界所有沉重的问题
都可以作一声　轻轻的回答

《瑞雪兆丰年》 中国画 斯秋

鲀语

佟 季

这是一条逾越千年万载的路线
我们结伴出发
从爱的源头 海的深处
水的起点

像太多神奇的传说
总有落地生根的归宿
这一刻 我们遵循的
是神的指引 是遥远的祖先
最隐秘的暗语

没有义无反顾的决绝
我们鼓荡起满腹的欢喜
就像人类的亚当与夏娃
当初受到一枚苹果的诱引
此刻 那颗成熟万年的果实
依旧在召唤
垂悬于远方一座神秘的岛屿

一路溯流而上
我们放胆尝试着所有的好奇
哪怕突发而至的小小惊险

也被心手相系的柔情蜜意
化险为夷
那每一次惶恐的搜寻
都践约着不朽的海誓
那每一眼幸福的回眸
都收获着生命的惊喜

今夜　辽阔的扬子江
舒缓而宁静
温婉的水流逝向东方
仰首苍穹　星汉闪烁　月辉如银
这一刻　为什么我们会热泪盈眶
就像一个长不大的孩子
在梦里的故乡　遇见了久违的母亲

《大江如炼》 摄影 绿野

发现之旅
FAXIAN ZHILV

鸣凤洲地志

张彬 作于 1875 年

按:

扬中之属地,民国前无史籍方志记载。所属诸洲为"五邑共管",即周边丹阳、丹徒、江都、泰兴、武进五县各管数洲。民国三年才定名为扬中县。故周边相邻市、县方志中,所涉扬中相关史料甚少。(民国年间三修县志,惜未刊印,因战乱散轶,近年在台湾发现《扬中县志》残卷。)

近年来,因修史续志需要,从民间挖掘到不少珍稀家族谱牒,实在是故纸堆披阅孤寂中之幸事。《鸣凤洲地志》一文就是在永思堂《马氏族谱》中发现的。永思堂《马氏族谱》是当代人四川成都马氏后人马万盛所续修。《鸣凤洲地志》一文是从 1900 年《马氏族谱》转载而来。

简志清楚记述了鸣凤洲名称的来历、地理位置、风物景致,通篇文辞优美,述而兼赋,音韵之美令人回味。因古人记家乡美文,读之心旷神怡,摘荐刊载,以飨文友。

作者为山东人张彬,概为邻县文官。由《马氏族谱》前文复载的《云阳马氏族谱叙》《润东马氏源流叙》《润东马氏宗谱叙》《荷花塘马氏族谱跋》等文的作者身份推断:张彬可能是光绪年间云阳(丹阳)县令。

清朝时,鸣凤洲(今扬中油坊一带)抵额里洲、抵额外洲、团沙外洲、团沙内洲、大泡子沙、小泡子沙等洲地属云阳县(丹阳县)辖。

(冯鸿鸣)

《晨曲》 摄影 王慧芬

　　从来志人者必志其地,志地者必志其景。盖观其景而地可知,观其地而人可知矣。鸣凤洲,昔在大江之中,迤逦圌山之阳,至今历数百载。其以洲名者,因之太平洲也。当宋元兵戈扰攘时,马氏贤人君子,相聚于江皋蔓草中,后一二高士始来是地,取鸣凤朝阳之意以名之。北近圌山,诸峰秀发,南屏嘉岫,侧有华峰,东临东海,西界长江。予幼时闻长者言者耳。马氏祖居东场段之东,沃壤数千亩,去江北咫尺,鸡鸣狗吠声相闻,后为坍削,还复补涨,其来非一日,即此洲也。地处偏僻,其初咸事耕凿,朴陋无文,故仕鲜少。至马楚善公登虎榜,始以诗书课教,而文明渐起,故今之能列党庠、登仕籍者,皆由此造就所至也。人虽不足重,而地与景则不可不提及也。其青青而深秀者,竹林也;依依而载道者,垂柳也。春光融融,桃李秀发,可述天伦之乐事,可泄逸士之襟怀。时而夏也,则有菱芰沁心;时而秋也,则有芦华飞絮。当炎凉之时,借以自娱,舍此其合适欤?且巍巍马桥,坦坦周道,平堤数里,遥对孟河营,当将军演武之际,衔枚疾走,旌旗夺目,非盛举乎?未几数武,遥观江上,烟云缭绕,凫雁争飞,山水参差,渔舟夕泊,银烛烧天,水光相接,苟能携心侣、具樽酒,命舟人举网得鱼,载饮载爨,相与枕藉乎舟中,以视赤壁之游其先后,为何如哉!于余愧无文,但述所闻见,以为之记。

光影留痕忆浮年

　　张家垛雕花门楼是一座雕刻有46个"寿"字的清朝民居门楼，其主人名叫张卓小，他既非官员也非富商，而是一位篾匠，祖辈以卖油为生。张卓小46岁时，创造性地请当地名匠在自家门楼正面雕刻了46个形态不同、字体各异的"寿"字，除此之外，另刻有两个"福"字，寓意建房时父母双全，尽显当家人的孝心。在门楼背面，刻有民间相传的鲤鱼跳龙门、刘海戏金蟾、麒麟送子等7幅民俗故事图案，雕刻精美，栩栩如生。

　　历经数百年的风雨沧桑，曾经的张家垛早已不复存在，而这座独特的雕花门楼则于20世纪90年代被搬迁至当时新建的国土公园供游人观赏。又经历了数十年的光阴流转，在门楼逐渐淡出人们视线和记忆的时候，扬中的一位摄影家却踏上了重访张家垛门楼之旅。令他不解的是，曾落户国土公园的门楼如今却不知所踪，寻觅一番，不得而归，空留下一段怅惘和遗憾。

（秋辰）

20 世纪 30 年代，赵友培（右）与父亲合影

赵友培（1913—1999），江苏扬中新坝镇人，评论家，当代台湾文化名人。毕业于正风文学院中国文学系，历任相教中学国文教师、《扬中民报》社社长、重庆市立图书馆馆长等职。抗日战争爆发后，南京沦陷，他邀集青年志士北上，投笔从戎。1949 年去台湾。1954 年组建"中国语文学会"，创办《中国语文》月刊。1999 年 1 月 8 日在纽约逝世。著有《三民主义文艺创作论》《文艺论衡》《国家基本结构研究》等 10 余种论述。

人到中年的赵友培，背井离乡，远渡台湾海峡至对岸宝岛定居，最终溘然长逝于大洋彼岸的异国他乡。今天的人们已很少知悉其或辉煌、或黯淡、或平和的飘摇往事，似乎随着时光的流逝而湮没于历史的尘埃中。今天，当这两幅珍贵的老照片置于案前，那些过往仿佛就是昨天的片段，他妩媚的新娘，正如她手中的那掬鲜花一样含苞待放，安静的镜头像时光老人神奇的魔法之手，哪怕不经意的一瞬也会被不可更迭地定格，成为你我共同的记忆。

（斯彬）

民国年间扬中开明县长洪康燮（后排右四）参加赵友培的婚礼

　　江心孤岛，与世隔绝，水灾泛滥，家园难安。长江，既是天赐扬中的恩惠，也是小岛百姓世世代代的心腹大患。扬中人与水的斗争从未止息过，坚持与滔滔江水争夺家园是他们生存的必然选择。新中国成立后，扬中市每年都要投入大量的人力、物力和财力，修筑江堤，治坍护岸。在物质生活较为贫乏的年代，每年冬春时节，扬中每家每户都要选派劳力参与挑土筑堤的"大会战"。正所谓众志成城。经过多年的建设，如今守护小岛的120公里江堤已被打造成为风景宜人、固若金汤的"水上长城"，江水泛滥的可怕经历似乎也已成为永远的历史。

（秋辰）

1978年冬，扬中历史上第一次真正意义上的江堤"大会战"，当时全县投入近10万劳力挑土筑堤。

这幅"雪中奋战"的扬中妇女挑江堤照片曾刊登于《人民画报》并入选"全国摄影展"。

队长和他的桂芳

黄 晖

黄晖，江苏扬中人，文艺学博士、教授。长期致力于中国当代小说和诗歌研究，出版多部专著。代表作有：《中国现代小说批评的实用理性》《论隐喻与文学的诗性批评——以京派文学批评为例》《京派小说的写意特征及其文学史意义》《李健吾小说批评审美风格论》等。

按：

癸巳年春节，有幸与黄晖教授相识，并与之相聚畅聊。此前，曾经其发小王晓芳女士介绍，零星拜读过黄教授的美文，由衷钦佩。作为一名离乡多年的扬中人，黄晖甚为珍视在家乡度过的童年、少年时光，对故土怀有真挚的情感和深沉的眷恋。席间，谈及扬中市文联会刊《水韵芳洲》及拟推出的"还原方言魅力　记录乡味历史"专栏，黄教授对此表示了浓厚的兴趣，并欣然应允赐稿。节后，当这份散发着浓郁乡情、流淌着亲切乡音的佳作呈现在面前时，我们的第一个愿望便是要把这份新年的厚礼奉献给所有关心扬中文化、热爱岛园故土的读者们！

（斯彬）

老家所在的生产队，同祖同宗的黄姓占了半个埭。我家的祖场在正埭的东头，祖父是长房，因此母亲从祖母手里接过责任、亲手翻建的祖屋便稳稳坐落于埭东的第一家。青砖楼屋向阳门第，前有小河四季流波清碧，后有竹园终年绿影娟娟，多年来，无论我距她多远多久，始终令我梦魂牵绕。

队长是我的远房伯伯，他的女人桂芳，我喊她婶婶。

那时我跟着母亲下放到老家的村子里。在我的眼里，桂芳同语文课本里描绘的"地主婆"一样曾令我暗自生厌。后来我长大了，慢慢意识到这"厌"里其实是替我和我故乡的女人们怀着几分嫉妒的。

队长伯伯黑红国字脸，人高马大。他立如铁塔，蹲如树桩，喊一声号子震天响，担百公斤担子行如飞，一人能挣三人的工分。队长挨个儿的四个儿女又个个健壮如牛犊，都干得一手好农活，他家因此是队里最大的余粮户。病快快、柔弱弱的队长女人桂芳，就从来不下田，一年四季鞋袜齐整，眉毛文得细弯弯，头发抿得光亮亮，窄腰圆臀，走路风摆杨柳，说话莺声燕语。说来也是桂芳婶婶有本事，黄姓家族到父亲这一辈的子嗣都是丫头多，我的那些婶婶、娘娘，无一例外的都是先养出两三个丫头，才会盼来个小伙儿。独桂芳的头生便是个儿，因此桂芳的"病"里多出几分恃宠的娇来。每当盛夏酷暑，当我的母亲以及队里所有女人们在田地里挥汗如雨拼命劳作时，队长女人却只在太阳落山时分，穿身飘飘逸逸的富春纺衫裤，到田头地边给她的丈夫送碗炒米茶，给儿女们送几根嫩黄瓜、几只甜番茄，走时留下一股淡淡的"雅霜"味道。

队长在那时是极威风的，尤其是在我的心目中。因为是下放户，我在精神上自然比贫下中农子女要羸弱些，暑假劳动，就需要格外卖力，以期暑假结束时队长能在"再教育证明书上"给我写几句好话，期末就有希望评上"红卫兵"中的"五好战士"，以安慰我辛劳要强的母亲。所以对队长，我便格外敬畏。

其实队长是个好人。田头地脚十八般农活他样样精通。一个队里的春耕秋种都是他张罗指挥。算算那时他也不过三十五六岁。而他的私心，也只不过在主持分粮中，称到自家的粮食时秤尾翘得高一点，核算工分时四舍五入中略占些便宜而已，并不过分贪。队长实在是靠他的另一手绝活才把老婆桂芳滋补得唇红脸嫩，一儿三女喂养得高大壮硕。

队长的绝活是极善于捞鱼摸虾。一年四季里，他可以凭最简单的工具甚至徒手，从沟里、河里、港里、江里弄到各种鲜活的吃食。那年代虽普遍物质匮乏，但江南水乡的天然资源却极是丰富。有了队长弄来的各种食材，桂芳便能将一日三餐弄得粥稠汤浓、饭香菜鲜。他家的灶间，便成为桂芳唱独角戏的舞台，她用经久弥漫的暖香亲亲地绾住了丈夫和儿女的心神。

夏夜，队长用自制的竹笼捉黄鳝，自制的虾网钓虾子。我记得，很多个躺在竹床上乘凉的夏夜，若有手电筒从我家园田的对岸闪过光柱来，便隐约能看到队长的身影，他稳笃笃的脚步会让正唱着歌的青蛙噤会儿声，原本停在稻叶尖尖上的萤火虫会动起来，随着队长的身影飞出一阵子。秋风渐紧的时候，他又开始钓蟹。队长拿尼龙绳编制几十张菱形兜网，用竹骨制成十字形支架，连接网的四角，支起一只只小网罾，在竹骨十字交叉处系上一米多半长的浮标，网底绑上一段晒干的河鳗肉做饵，天一落黑，队长就把网罾下到河边的那些蒲柳丛老树根下面，刻把钟去起一次网，半个夜头过来，七不离八总能钓到五六斤螃蟹。

一大清早，队长带着一身乏刚躺下不久，桂芳就会蹑手蹑脚从床上爬起来。灶间的水缸旁边，放着一只竹编的大肚蟹笼子，那是队长大半夜的收获。桂芳打开笼盖，公的母的各挑出一半来，拿到四五里外的街上去卖了，或者送到事先打过招呼的邻居家。那留下的一半就自己家吃。

通常，桂芳会拿卖蟹的钱到埭头上的小店里割回一两斤猪肉，再到屋前的园田里拔一篮子小青菜，先端张小板凳，往敞亮的堂屋门口一坐，仔细地择掉菜里的枯叶杂物，到水桥上洗干净搁在脸盆上沥水待用。然后，你听到桂芳家的砧板"哚、哚、哚"地开始欢快地唱起歌来，知道是桂芳开始剁猪肉末末了。继而桂芳将螃蟹刷干净隔水蒸熟，拿出一套竹制的剔蟹工具，坐在堂屋的八仙桌上，细心地将蟹肉蟹黄剔出来

搁到一只硕大的搪瓷钵里，再和入猪肉末和淖过又挤过水、切得碎碎的青菜，加上葱末、姜泥、黄酒、碎盐，一双筷子往瓷钵中间一插，里三圈、外三圈地细细搅和，馄饨馅就拌好了。桂芳只需凑近了嗅一嗅，不用说，咸淡适宜，味道鲜美得紧。和面擀馄饨皮子之前，桂芳会将割猪肉时顺便连搭带讨的几块肉骨头加上早就泡好洗净的半把黑木耳、剔过肉还带着金黄蟹油的蟹壳一并放到大灶的里锅，加上半锅水，旺火烧，一开，搁几块木疙瘩在灶膛里煨着。家乡的规矩，馄饨馅好，还需靓汤佐着，才周全。

这时候，桂芳从灶膛里出来，拍掉身上尘屑，洗净手，开始和面、揉面、擀面皮，利利索索用不到半个时辰，一沓沓又薄又韧的馄饨皮便切好了齐整整地放在桌面上，再湿一块蒸笼布盖住，防止皮子风干了黏性不足，包的馅下了锅会走味。一切停当后，桂芳从厢屋的墙上取下一只细篾编的筛子，往骨牌凳上一搁，湿抹布抹干净了，装馅的蓝边碗放右边，四方方的馄饨皮搁左边，右手一双筷子取馅，左手一张皮子盛馅，双手这么一折，几处紧紧地捏一捏，十指灵动一个轻巧翻叠，桂芳一分钟能包出五六只馄饨来。沿着筛子边一圈圈挨个儿摆开，个个饱满挺括，匀匀称称，好看得喜人。待丈夫和儿女收工回家，下馄饨的一锅水将将好滚开，桂芳扬手将馄饨下到锅里，扣着笊篱轻轻沿锅底搅一搅，猛火烧滚，又向滚锅里匀洒一瓢冷水，再滚两滚，熄火盖上锅盖养着。顺手将五六只蓝边大碗围着外锅摆开半个圈儿，揭开一直煨着的里锅锅盖，每碗里盛一大勺已经鲜美出味的馄饨汤，撒一小撮碧绿的蒜叶末，这边馄饨正好出锅，满满盛出五碗，先尽出工的丈夫儿女开吃，一边桂芳又开始准备下第二锅了。

也有时桂芳会将猪肉、蟹肉拌在一起，打两个鸡蛋取出蛋清，搅拌均匀，做成我们叫做"蟹腐"的肉圆子，敷在一大锅炒青菜上，灶膛里用小火慢慢烧，

《相依》 素描 王沂东

不出半个时辰，那蟹鲜肉香的美味能飘出半个埭去。

即便在冬天，队长也能从河里搞到吃食。他会选一个暖和的有阳光的日子，先喝上几口老白酒，在河边走几圈，用鼻子嗅嗅，便选定了一条河，脱了棉裤，只着一条短裤，上身则像藏人一样只把一只手穿在袖管里，光出一只手膀子，掖好空出来的那只衣袖，看着他一步一步下到冷水里去，也不见他脸上有什么表情。初时队长直直地立在水里，一边慢慢地朝前移动，一边用脚在泥里踩探，踩着探着，看他眉头一动弯腰伸出那只光着膀子的手，到水里三摸两摸，"哗"的一声水响，只见队长的手一扬，就有一只肥硕的河蚌"扑通"一声，进了背上的竹篓。一条河踩下来，队长背上的篓子就有十来斤重。这时桂芳已经煮好了一大蓝边碗的红糖姜汤，待伺候队长洗了身子坐进被窝，热热地喝进肚子，那寒气就慢慢被逼走了。这一天就不见桂芳再出门，她家的烟囱也会袅袅绕绕飘半天的炊烟，到中午或者晚上，桂芳会端出一大陶钵头的蚌肉炖排骨萝卜汤，撒上青绿的蒜叶末，那个鲜美哦，啧啧，竟能喝得一家子满头细密密的汗，脸也越发红扑扑的了。

连我都知道，高大威武的队长带着娇小美艳的妻子踩着田埂小道上街去，是一埭上的女人都眼热的一幕。在这羡慕里就有许多女人心下不平的想：桂芳实在不算是个好女人。因爱吃美食、好穿鲜艳的衣服，所以没能把队长的辛劳所得勤俭筹划出一份好家业，除了养出四个儿女外，依旧住着结婚时的那三大间泥墙草顶的房子，凭什么队长就那么心尖尖似的捧着她、惯着她呢？

后来，我渐渐长大，每每走过队长家的屋门，看到窗明几净的堂屋里，桂芳慈眉善目地置身于丈夫和儿女之间，总有一种心动的感觉，就朦朦胧胧地想，倘若男人以阳刚之气撑起一片能遮风挡雨的天空，女人便可以在这片风和日丽的天空下把女人的职责尽得十分艺术了。所以，那时，我说不清楚是队长好还是队长的女人好，只是渐渐有了一种亲近桂芳婶婶的愿望。

走近桂芳婶婶，真的感觉得到她身上有一种令你温静安实的水样的亲和。桂芳婶婶的手很巧，她做的千层底鞋子、绣的枕套、帐沿子都十分精致。逢到村里人家有婚嫁喜事，她剪的喜字、窗花令远近人家都啧啧称赞。她也有一手绝活儿：会做栩栩如生的"花圆子"。老家的风俗，逢建屋上梁、整岁生辰、婚嫁喜事等，主家会专门磨些糯米粉，用滚水调了，揉成粉团后，手工捏成蟠桃、石榴、锦鲤、肥鱼、蛟龙、神凤、猪娃、兔仔、百合花、万年青之类的立体形状，再借助剪、管、梳、针等工具，在造型物上镂出图案和花纹，然后在蒸笼上蒸熟，出笼后，在花圆子的首

部喷些淡淡的桃红色，再插上新采的天竺叶，作为祝寿贺喜的礼品。庆典之后，就东家一条鱼、西屋一枚桃地把喜气分给左邻右舍。队长的女人桂芳做的花圆子最是玲珑逼真。她做的鱼张嘴翘尾，仿佛立时就会游动起来；她镂的万年青，叶柄叶脉纹路细腻清晰，中间缀满用荷叶汁糅成碧绿的米粉搓成的小果粒，剔透如玉珠儿。每逢她被主家请来做花圆子时，左右隔壁的小媳妇、大姑娘们都喜欢聚了来看热闹，说闲话。队长这时候最喜欢夹在其中，看他的女人拿着米粉团拍打、拿捏的巧样儿。听着女人们的夸奖称羡，队长脸上不由自主地现出自得的骄傲。而桂芳婶婶只是抿着薄薄的嘴唇，蓄着淡淡的笑意。那时我就想，桂芳要是去读书，指不定是个画家呢！这花圆子不是雕塑吗？不过用材不同而已。

母亲去世时，我又领略了桂芳婶婶的另一种天赋。

母亲是从医院下放到农村的，后来做了大队的赤脚医生。因桂芳婶婶多病，自然与母亲接触很多，渐渐就互相说些体己话，处出了一种姐妹情谊。之后我们全家回城后，我听母亲讲，桂芳婶婶还常来县城走动。那一年队长患了直肠癌，是母亲在县医院帮忙安排最好的医生做了手术，队长手术后活得很健朗，桂芳婶婶就愈发感激母亲。所以在母亲患了不治之症，辗转病榻的最后五年间，桂芳婶每来县城都要坐在母亲床前与母亲说半天话。母亲就把自己一生的遭际和感慨细细地说与桂芳婶婶听，这在母亲，是存着一份心事的。也是老家的风俗，大凡逝者躺在灵床上接受亲朋好友吊唁时，得有人高声哭诉。那种哭法，其实是一种特殊腔调的"唱"，有固定的调子和段落节奏，"唱"词多是数说死者生前悲苦辛劳，评品死者生前人品功绩。"唱"得好的，会令吊丧者，甚至素不相识的过路人泪如雨下，平添许多悲凄气氛。况且一般平民百姓死后不会有追悼会，这种哭唱也算是盖棺定论。人死言善，哭丧中自然是多夸颂之词、赞美之语，

花圆子

死者在魂归黄泉的路上也可以得到一种慰藉。丧家的这种哭唱之职，多是由女儿、儿媳等女人承担的。母亲到底在农村待得久了，虑及自己的女儿书读得多了，太过文雅，纵然伤心也未必做得出拉大嗓门的诉唱，独生儿子又尚未娶媳，谁能替自己一诉生平？她把这一心事对桂芳婶说了，桂芳立时流出眼泪来并应承在母亲不幸归天时以姐妹身份为母亲哭灵。

那个白槐花挂满树枝的暮春，母亲真的去了。接到噩耗，我从外地飞奔到母亲灵前只顾哭得昏天黑地，口里喃喃，言不成句，哪还有什么腔调？忽然就听得"我的那个嫡嫡亲的亲姊妹耶——"一个哀婉忧伤的长腔，霎时就静了整个屋宇。只见桂芳进得屋门，往灵前的条凳上一坐，一手捏一块花手巾，一手有节奏地抚拍着自己的大腿，悠悠地为母亲哭诉起来。当时只觉得桂芳婶婶的哭灵声调哀切，诉唱动人，令满屋子吊丧

的宾朋欷歔不已。因我最知母亲，却悲痛得口不能言，桂芳婶婶的句句哭唱都极深切地道出了我的哀思。痛定之后回忆她的诉唱，觉得她叙述时取事典型，议论时点化精辟，起承转合之间十分灵活流畅，比我用心血写成的悼词要简练畅达。感慨之余就想，桂芳婶婶实在是可以成为作家的。

自念了大学，原先的村子就极少去了。而母亲的辞世，使身处异乡的我更添了一种无根飘零的况味，每每回忆起队长女人的这最后一"哭"，便能找回一点带有乡土味道的母亲般的亲切。

前年清明，我回故乡给母亲扫墓，遇到桂芳婶婶扶着队长立在母亲坟头。我叫了一声"伯伯、婶婶"，就哽咽住了。队长的身材瘦小了很多，桂芳婶婶的脸上也刻满了皱纹。他们相扶着缓缓走在夕阳里，连同母亲的样子，从此定格成我记忆中故乡的背影。

《满眼风光北固楼》 中国画 王中明

江洲名流
JIANGZHOU MINGLIU

聆听苏童

——用一生承受以文学探索世界的苦与乐

怡 梦

苏童，著名作家，祖籍扬中。1980年考入北京师范大学中文系，现为中国作家协会江苏分会驻会专业作家。1983年开始发表小说，代表作有《园艺》《红粉》《妻妾成群》《已婚男人》和《离婚指南》等。中篇小说《妻妾成群》因被著名导演张艺谋改编成电影《大红灯笼高高挂》而蜚声海内外。长篇小说《河岸》获得第三届曼布克亚洲文学奖。

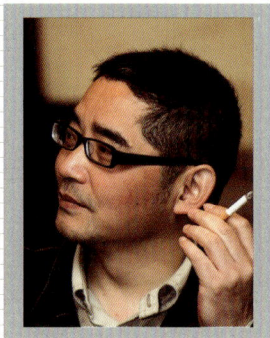

苏童曾与母校北京师范大学文学院的在校学生展开了一场文学对话，内容涉及阅读、创作、人生经历、文学理念等多方面，这里记录下他们之间的精彩问答。

关于读书

问：你欣赏的小说是什么样的？

答：在北师大图书馆我开始了人生中第一阶段的狂野阅读。当时的图书检索是卡片式的，我每天都在翻那些我已经知道的世界名著以及作者名字或书的名字听上去很神秘的作品。我在北师大图书馆里读到了托尔斯泰、巴尔扎克、雨果、肖洛霍夫。这里的苏俄文学作品特别齐全，我印象最深的是，有一次我发现了一批高尔基的早期流浪汉小说。高尔基是苏维埃革命阵营中的作家，大家原本对他的印象是这样的。但我看到他有七八本流浪汉小说，描述他年轻时期在伏尔加河沿岸流浪，一会儿做工人，一会儿经过草原，一会儿发生一次恋爱。我非常迷恋这样的小说，因为非常之美，这是我从别的渠道不可能读到的。很奇怪，这批小说到现在市场上是找不到的，这是我最特别的来自于图书馆的记忆。

问：如何让阅读变得更有意义？

答：如何创作是一个令人紧张的话题，而如何阅读本应该是愉快而松弛的体验，阅读从某种意义上说是一种选择，你选择严峻，必然可以得到严峻，选择知识，同样也可以得到知识。阅读当中经常会产生某种创作的灵感，但这个灵感在使用它的时候要非常小心，因为这是别人灵感的闪光处，你感受到它的光芒，被它征服。我读到纪录性的文字更容易产生灵感，有时候会记下来。我喜欢的作家，他一本正经地阐述的思想理论我不一定很感兴趣，往往是他在松弛状态下说的一两句话，我会觉得太精彩了。精彩的话往往都是无意当中说出来的，震撼你的阅读体验通常也是在无所欲求的状态下获得的。不要伸手向阅读去索取什么，它的价值转换没有你想象的得那么快。但是读书，尤其是青年时代的读书，确实是天赐的时间和机遇，你读的这一本书不能解决你的任何问题，它未来有可能会在你的生活中创造一个想都想不到的奇迹。我有过这样的体验，忽然想起一个毫无来由的场景，忽然想起一句当时错过的诗，忽然会激发出某种创作灵感，阅读有可能影响的是你对生活的思考。

关于人生经历

问：有人说你擅长写女性，这与你的个人生活经历是否有关？

答：其实我不觉得我有这个才能，我只不过利用了从童年开始，来自于家庭和之外的所有关于女性的记忆。观察生活是作家的技能，其实有时候只是本能，我从小不爱说话，因为自己不爱说话，所以特别留意别人说话，对别人的语言会有更深刻的记忆，记住了

就能写作了。我不会虚设我的性别立场，从某种意义上来说，写作是一个戏仿、模仿的过程，有点接近于表演，写到女性的时候必须要把自己换成她，换不成是很正常的，但是要努力。有人说，因为他是男性作家，所以女性形象写不好是正常的。其实并非如此，我们现在所读到的女性形象大多是男性作家塑造的。写作中的戏仿和生活中的状态是比较分离的，戏仿、模仿的态度是决定这种性别角色是否成功的关键。一个男性作家对女性的研究、探索都在作品中完成，现实中的我看待女性就和其他普通人没有什么区别，世界上基本上只有这两种性别，必须互相搀扶完成所有的人类大业。对于性别所隐喻的权力、斗争、平等、自由等，每个人都有自己的解读。

问：人生苦难并不多的人，是否也能把作品写得很深刻？

答：苦难对于一个作家意味着什么？一个生活在政治意识形态影响下的作家，他可能是一个被当成过右派的人，可能是一个在"文革"时代受过创伤的人，也可能是一个经历过改革开放，见证这个社会主义国家发展变化的人。如果他的某一部分生活是苦难的，人们会习惯性地把这一部分生活夸大、演绎为一个作家所必须的生活，而忽略了作为一个普通人的看上去风平浪静的生活。哪一个是作家的写作资源？我认为在这里有很多认识上的误区，千万不能认为一个作家必须拥有不同于常人的生活才能创作，恰恰相反，提供永久不衰的写作素材的，往往是那些被遮蔽的日常生活。千万不要觉得自己因为没有经历过苦难就对苦难失去了发言权，因为没有如意的爱情就失去了描绘爱情的能力。写作最奇妙的功能，就是让一个人拥有两个甚至两个以上的灵肉俱在的生活。一个作家可以不在意是否有过苦难的经历，但一定要信任作为一个普通人的那双眼睛对世界的认识和观察。

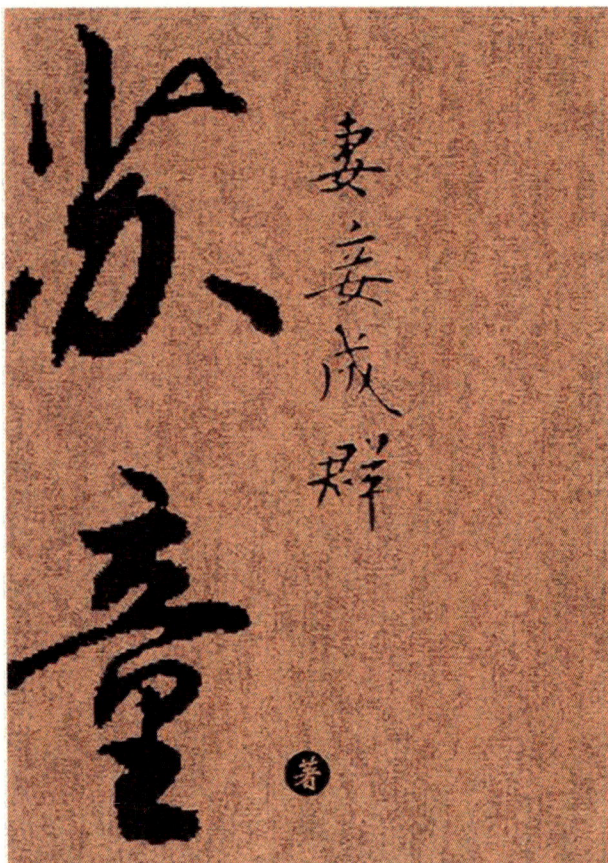

妻妾成群

苏童 著

关于改编

问：以《大红灯笼高高挂》为例，你认为文学作品与改编电影的关系是怎样的？

答：总体上说，这是一部成功的电影。我记得第一次看这部电影，我有点儿像一个会计在核对着什么，核对电影中的情节、台词和我小说当中相应部位的对照关系，影片中有多少成分是小说里的。有时候我会想，我也没有这样写，他为什么要这样拍？小说和电影的改编关系导致我对一部电影投注了不太一样的眼神，这样的眼神保持到第二遍、第三遍的时候，我渐渐恢复正常，试图以一个普通观众的身份，摆脱我与这部电影的纠结，静下心来潜入电影内部。我想，它之所以这么受欢迎是有道理的，在电影和文学嫁接上是非常良性的例子，它最大限度地利用了小说的骨骼，而灌注和填补了张艺谋自己的血肉。我看这部电影的时候，我能感觉到它与我的小说的一种血缘关系，同时我又确定那是张艺谋的作品，这是我对这部电影的基本认识。其实这部电影还有一个特点，很少看到一部电影这么大胆地进行结构，它是全封闭的，全部在室内和院子里拍摄，除了开场时巩俐坐轿子在室外，很多情节的镜头不是向上发散的，因为借助了很奇特的乔家大院的封闭式环境，这个神秘的结构迫使电影的结构发生了一种很奇妙的内敛、再内敛，最后内敛到老爷只剩下一个背影，这是电影的成功之处。

关于创作

问：对于你来说，富于古典意趣的叙事方式是不是更易于表达人性？

答：那几年我对先锋文学的迷恋，令我的写作姿态发生了奇特的革命。别人是向前进，而我是向后退，有很多文本上的考虑和我自己写作具体目标上的设置。

还有就是，我在那个时代写作，突然听到了所谓的古典的召唤，我们中国文字的白描，让我觉得传统小说中有线条，文字和线条在我这里第一次产生了美感，我要用某一个文本向这种美感致意。所以拿《妻妾成群》和《红粉》与我之前的作品相比，你就会发现我是一个学习者，我在学习我们的古典文学，当然不太可能去模仿话本小说，也不可能去塑造一个20世纪的林黛玉的故事，但因为我在向它致敬，所以自己的小说发生了一个奇妙的退缩式的革命。

有人会问：你怎么老写三、四十年代、明清时期或更早之前的古代，为什么对那个时代有兴趣？我其实不是对那个时代有兴趣，我小说中所关注的目标永远只有"人"，所有的小说的资源是人的问题、人的内心及人性的内容。我相信无论时代如何更替，所谓时间标签为一部小说穿上的时代外衣是不重要的，重要的是小说所描述的人及人性的内容。我们今天的人性可能在重复着100年前甚至500年前的人性。我不喜欢用黑洞这样神秘的词，但人性真的是一个黑洞，它有无穷尽的可描述的东西，所以这么多年来无数的作家仍然在写，但是无法写完，对它的探索也是无数作家存在的意义。

问：《蛇为什么会飞》似乎是你唯一一部触及现实的长篇，是不是比起现实，你更容易从历史中汲取灵感？

答：过去有一句话说，一条创新之狗在追着批评界跑，我在创作《蛇为什么会飞》这部小说的时候也有一只变革之狗在追着我跑。我觉得有一个声音在以非常暴力、非常武断的无可抗拒的力量让我做出创作上的变革，让我直面现实，所以我写作从来都是听从所谓的感性的召唤，忠实于自己的记忆。而那一次创作对我来说是一次铤而走险的尝试，真的要跟我所经历的当时的现实来一次结结实实的拥抱，看看我能抱到什么。这部小说出炉之后，网络上有一条批评说："当我合上最后一页，一座文学大厦在我心中倒塌了。"我的沮丧其实超过了他，这部小说真的这么不好吗？有的人说：你没必要去理会评论家对你的批评，他们认为你从不拥抱现实，你瞎拥抱怎么行呢？

这样、那样的批评对我来说都是一个自我认识的过程，一个作家写作到一定阶段，当你形成某一个大家所认同的风格，就会开始觉得危险来到了，背后那条狗跑得越来越快，这个时候慌不择路地改变是一种选择；而另一种其实比较艰难，即如何选择一种比较从容的姿态，既可以保持你对创作的新鲜和刺激，又不背离你自己所有的美学原则和创作习惯。这是一个巨大的难题。另一方面我觉得这部小说的创作仍然有无数的闪光点，它为我开启了一扇窗户，它对我后来比较满意的一部小说《河岸》是有贡献的。那次拥抱虽然什么都没抱到，但我觉得我怀里还有现实的余温，当我努力去把握笔下的现实时，它让我学会，当小说大量涉及所谓的现实的时候，如何感受它的温度，适宜的、过热的，还是过冷的。未来我还会再次拥抱现实，因为有了《蛇为什么会飞》，我想我以后会做得更好。

盏盏油灯总关情

从容旅者

——陈履生和他的油灯博物馆

陈履生，江苏扬中人。擅长中国画、美术史论。现为中国国家博物馆副馆长。作品曾入选当代水墨新人奖，并获"牡丹杯"国际书画大奖赛优秀作品奖。多次在国内外举办个人画展，参加国内外的综合性大展。获文化部 2006 年优秀专家称号，第五届北京中青年文艺工作者德艺双馨奖。出版论著 50 余种，主要有《神画主神研究》《新中国美术图史（1949—1966）》《以"艺术"的名义》《革命的时代：延安以来的主题创作研究》等；发表各种论文数百篇；出版个人画集 5 种、文集 2 种。在家乡扬中建有私人博物馆——油灯博物馆。

1998 年 5 月 18 日，这一天是我国著名画家、美术史论家陈履生的油灯博物馆开馆日。下午 4 点多钟，记者如约前去油灯博物馆采访。一见面，气质儒雅的陈履生就像对老熟人一样笑着说："真累！你看我的腿都快僵了。刚刚送走一批来参观的省、市领导……" 5 月 18 日是国际博物馆日，他选择了这一天在家乡江苏扬市建立了中国第一家、也是目前唯一一家油灯博物馆，可见他的良苦用心。

油灯是几千年来人类不可缺少的生活用品，是人类物质文化演进史中特别的个案，同时，油灯也是文人吟咏最多的物件。它伴随着文人度过一个个挑灯夜读的夜晚，古代既有文人雅士"红袖添香夜读书"的迷人享受，也有美髯公关云长在一灯如豆中手不释卷、割骨疗伤的气概。油灯博物馆有他几十年来收藏的精

油燈博物館

南朝瓷质双层七盏油灯

品油灯，从先秦霸气、瑰丽的青铜造型，到两汉质朴、敦厚的审美意趣；从盛唐东西文明汇流的华丽，到明清西洋工艺的流畅；从宫廷、都市的奢华，到乡村僻壤的朴实……

我们的话题自然从他苦心创办的油灯博物馆展开。

20多年前，他还是南京艺术学院的一名学生时，就与油灯结下了不解之缘。那时，他的老师就喜欢收藏古币、陶器之类的古玩。这期间他受到耳濡目染，渐渐成了收藏爱好者。起先他对陶器收藏产生了浓厚的兴趣，但此后不久，他发现油灯的收藏还是一块"处女地"。从此为着盏盏油灯，他像蜜蜂采蜜一样飞遍了大江南北。每到一地，当地的文物商店和旧货市场总是他的必到之地。而更多的时候，为了找到一盏稀世油灯，就是踏破铁鞋也在所不惜。他曾先后5次奔赴西藏，收集历代藏式油灯，为研究西藏的文化与艺术掌握第一手资料。

油灯博物馆

六朝瓷质塔型双捻油灯

值得一提的是，在阿里地区他还有幸结识了孔繁森。

有一次他听说在甘肃发现了一盏陶油灯，据考证属于原始社会时期的辛店文化遗产。这一消息令他心驰神往，他出差去甘肃时竟步行10多里路，买来这个稀世之宝。如今，陈履生呕心沥血数十载收藏的不同年代、造型各异的油灯已达600余种，远至西汉的长信灯，近到现代的粉彩瓷灯，他已成为世界油灯收藏品种最多的收藏家之一。《人民日报》、北京电视台等媒体均对此进行过报道。

此次在家乡扬中创办油灯博物馆，正源于他的赤子之心。他十分动情地说："每每抚摸和欣赏着盏盏油灯，如同目睹岁月年轮的再现，古老的油灯是厚重历史的折射，更是一种文化和人类文明的缩影，它在我心里升起的是一种对五千年华夏文化的敬仰和回味，而我的家乡扬中却历史短暂，没有多少文化

宋代双龙瓷质省油灯

清代铁质油灯

积淀和历史底蕴。现在建成的油灯博物馆也许能给家乡增添一道人文景观，以弥补这一不足吧。我是喝长江水长大的，我爱我的家乡扬中！"他深情地说着："回报家乡父老的养育之恩，一直是埋在我心中的夙愿。"

陈履生离家在京工作多年，一直痴迷于艺术事业并屡屡获得成果。除了美术创作外，他还忙于出版美评书籍，此外他还担任着中央电视台美评栏目的评委，用他的话说："整天忙得像机器人似的。"

回首青春岁月，陈履生十分怀念在工厂呆过的那段日子。对于他来说，那段艰苦的青春岁月是一笔精神财富，在他以后的人生路上，无论遇到什么困难，吃多大的苦，都能从中吸取催人奋进的力量，他性格中坚强的一面也许就源于此……

不知不觉中我们聊到夕阳西下。得知他翌日将赶回北京，我赶紧起身告辞。此刻，他家门前青砖黑瓦，仿古木质大门被一抹美丽的夕阳亲吻着，门上"油灯博物馆"几个字显得格外醒目，身着格子衬衫的陈履生站在博物馆门前向我挥手告别——这是一位善于发现美并乐于创造美的人，盏盏油灯里饱含着他浓浓的赤子之情……

山川丘壑天地宽

——记画家王中明

郭霞

　　王中明，现任扬中市文联副主席。江苏省国画院特聘画家，江苏省美术家协会会员，江苏省书法家协会会员。其国画作品多次入选国内外展览，部分作品被国内外美术馆、艺术馆收藏。曾在上海、西宁、济南、徐州、扬中等地举办个展或联展。出版有《王中明画集》《王中明山水画》《王中明英国水墨写生》。其作品及事迹曾发表于《国画家》《书与画》《光明日报》《美术报》《中国书画报》等报刊。

　　余秋雨先生说："行者无疆"。从事艺术事业的行者看似潇洒、闲逸，实则很是艰辛和孤寂，更需超凡的坚韧和执着支撑。王中明便是这样一位甘于孤寂的跋涉者。他潜心画艺20余载，笔耕不辍，所取得的诸多成绩成为他身后一道道靓丽的风景。对山水画艺术的挚爱使他不断给自己树立新的标杆。2012年9月，王中明有幸成为首都师范大学首届龙瑞山水画课题班的成员。人到中年却毅然踏上了北去的列车，只为了心中那一份对艺术的坚守。

　　龙瑞先生是著名山水画大师李可染的研究生，原为中国国家画院院长、博士生导师。李可染的家乡是具有深厚汉文化底蕴的徐州。徐州的画像石和画像砖对李可染先生的山水画影响很大，而汉风艺术中的画像石又以《牛耕图》《纺织图》最为著名，汉代青铜器中以《牛形宫灯》最具代表性，这些艺术品全出在王中明的家乡徐州市睢宁县。睢宁县是全国唯一的"儿童画之乡"，家乡厚重的文化底蕴滋养着他。20世纪80年代初，他在从事儿童美术教学之余，开始进行山水画的学习、研究和创作。从临摹《芥子园画谱》入手，后临摹李可染、傅抱石、钱松岩、宋文治等当代

剑桥三学院
的牛顿苹果树
约四百苹树些
辛卯中明記之

《牛顿苹果树》 中国画 王中明

《叶村纪事》 中国画 王中明

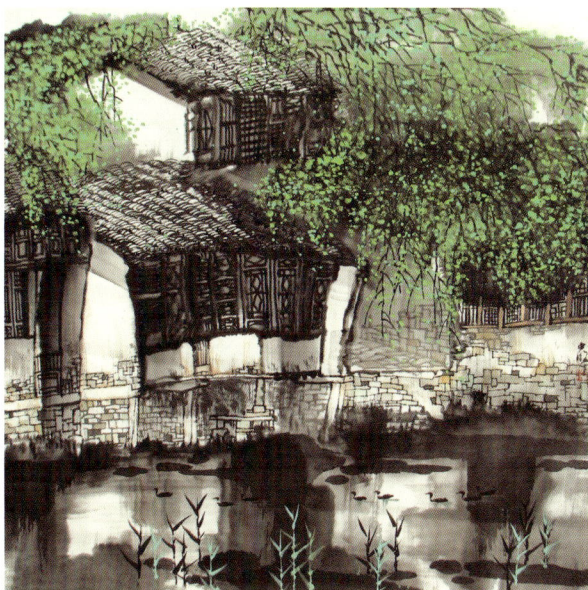

《水乡三月》 中国画 王中明

名家的作品。 1986 年到江苏省国画院进修山水画，转而临习古代传统艺术作品，对范宽、郭熙、黄公望、王蒙、沈周、文徵明、石涛、石溪等宋至清代大家一一悉心探究，从中选取佳品，反复临摹，深得其妙……对传统山水画理论技法进行系统而规范的学习，为他日后的创作打下了扎实的基本功。

"外师造化，中得心源"，"搜尽奇峰打草稿"，历代诸家皆重视到生活中搜集创作素材，表现生活，表现时代。王中明每年利用寒暑假到安徽、浙江、四川、陕北、山西、新疆、青海、甘肃等地写生。他被太行山深沉雄大、苍茫旷野的自然景观所吸引。为了寻找表现西部山川的笔墨语言，他又深入研究黄宾虹、李可染等大师的积墨法。奇峰搜尽，胸中丘壑充实，他便以宋代山水画的严谨、元明清文人画的潇洒、"黄李"的厚重诉诸自己的水墨笔端，确立目标，开始了长达 10 年的艰难创作历程。其间他的《暮秋》《气清千丈远》《大山情怀》《塬上秋歌》等一批表现西北山水雄浑厚重的作品分别荣获国家级奖项……至此，他对山水画更加如痴如醉。

1996 年，王中明移居江苏扬中。由苏北平原到江南水乡，他被江南山水的秀逸清新感染着，又画出了一批具有江南特色的山水画。著名美术史论家陈传席评价说："王中明的江南风光秀韵里面仍有一股苍浑之气，得江南画风之潇洒而去其柔弱，有北方画风之雄浑而去其粗犷。"作品笔醋墨厚，似乎像一口浓重的乡音，朴实而亲切，逐渐形成了雄浑与内秀并重的风格。从画作中可看出他对传统文化的纵向的有选择的继承和对现代绘画、儿童画横向的汲取。除了多次在江苏省乃至全国展览中展出并获奖外，还有数十幅作品流传到日本、法国、德国、澳大利亚、马来西亚以及我国香港和台湾等地，被当地美术馆或收藏家收藏，同时亦有数十幅作品在《人民日报》《新华日报》《美术报》《国画家》等报刊发表。2001 年江苏美术出版社出版了《王中明画集》。2005 年王中明在扬中成功举办了个人画展。原江苏美术出版社副社长，著名学者、画家郭廉夫出席了画展开幕式，并在画展序言中写道："王中明的山水画构图平稳，笔墨苍润，大气磅礴，意境深远，把南方的细腻灵秀藏于北方的粗犷质朴之中。他的画作不媚俗，不欺世……" 2011 年他的作品《秋壑泉鸣》获镇江市首届中国画双年展金奖；2012 年初，《王中明英国水墨写生》由江苏美术出版社出版。

2013 年春，我有幸欣赏到王中明的六尺新作《梦里家山又一秋》，观其画，不禁怦然心动，耳目一新。画面层峦叠嶂，脉络清晰，层层深厚，虚实相生而意远境邃，既有北宋山水画深沉雄大的中正庙堂之气，又有元季以来文人画圆厚苍润的书法用笔，笔精墨妙，法备气至。其作品彰显了导师龙瑞先生倡导的"正本清源，贴近文脉"的山水画创作思想，践行中国画笔墨语言的当代要义，弘扬传统山水画的精髓。在京学习期间，他每天在画室临摹达 10 多个小时，沈周的《庐山高》临摹了 10 天，王蒙的代表作《青卞隐居图》临摹了 5 遍，画面上山川、房舍、树木、清泉……繁密浓郁、苍润浑厚，有时一天只能画几棵树，可见临摹要求之高、之细、之精。数月中，他全身心地沉浸在传统画创作之中，日不释手，感受着传统山水画的博大精深。

正如著名美术史论家、中国人民大学美术学院教授、博士生导师陈传席所言："王中明最终要画出具有

《临沈周庐山高图》 中国画 王中明

阳刚大气、雄强浑厚的北方派山水，但又不同于北方派，即要在阳刚大气中增加秀韵潇洒之内核，他的画已经有所变化，他还在继续尝试和探索……"

"黑墨团里天地宽"，惟坚韧者能遂其志。我相信，以王中明的睿智和勤勉，积功至深，不久，他将会给人们带来更多的惊喜！

此曲只应天上有

一尘

——记制笛大师常敦明

常敦明是我国笛箫制作界第一位高级工艺师，早年他在上海与同行创建了当时全国最大的中国民族乐器博物馆，由他制作的笛箫深得闵惠芬、陆春龄等著名演奏家的喜爱。2001 年 10 月 13 日，他在家乡江苏扬中建成全国首家中国民间民族乐器陈列馆。

"平生最喜听长笛，裂石穿云何处吹"；"如泣如诉，如怨如梦，余音袅袅，不绝如缕"——古代文人笔下对笛箫的赞誉是这样浪漫而迷人。如今，在众多的乐器中，笛箫仍是我国最具特色的吹管乐器。许多民族乐器演奏家对常敦明制作的乐器情有独钟。他制作的巨笛被载入上海吉尼斯世界纪录，在 1989 年中央电视台举办的元宵晚会上，江泽民总书记仔细观赏了巨笛并给予高度赞誉。

苦难是生活的导师

童年的记忆对于小敦明来说是痛苦的。7 岁时，他目睹了日军烧杀抢掠的暴行。10 岁时，父亲不幸病逝，母亲拖儿带女，家中穷得常常揭不开锅。冬天他没有棉衣穿，冷得受不了时只得钻进被窝里取暖……苦难的童年造就了他顽强不屈、凡事不服输的性格。1951 年冬，15 岁的小敦明经人介绍，去上海师从我国著名笛箫制作家周来有，在其私人作坊中学习吹管乐器的制作。学徒生活并不轻松，他每天天不亮就起床拖地、磨刀、刨竹子，手上时常被磨出一个个血泡。在师兄弟中他最小，又是乡下人，被人欺负是常有的事。有

一次在睡梦中被一个调皮的师兄推下床，被惊醒的小敦明坐在冰冷的地上，眼中含着泪花，那一刻他恨不得起身就回家。可是想到妈妈对他的期望，想到自己背井离乡是为了学本领，眼前受这点委屈就做逃兵，还算男子汉吗？

他悟性很高，不到半年，技艺就远远超过了师兄弟们。师傅非常喜欢他，认为他是一棵好苗子，于是请金祖孔、蔡之惟等著名笛子演奏家到作坊来一边吹笛子，一边给他讲音准、音色、音域等乐理知识。有名师的指导，常敦明的制作技术大大提高了，此时的他已深深爱上了乐器制作这一行。他暗暗给自己定下目标：一定要取得成就，不管付出多少代价。

1956 年合作化运动后，这家私人作坊与其他同行合并为上海民族乐器厂。自此，20 岁的常敦明结束了他的学徒生涯，成了上海民族乐器厂的一名职工。每天下班后他都要步行两个多小时的路去夜校上课。整整 8 年，常敦明凭着只有小学四年级的文化水平，学完了中学的所有课程。掌握了一定的文化知识后，他仍不满足。他明白，仅仅掌握制作技术，还只是"匠"而已，要想设计出有创意的"作品"，就必须具有深厚的文化底蕴和乐理知识。乐器制作者与演奏家好比是鱼水关系。乐器的制作除了涉及物理学、声学、力学等方面的知识外，还必须懂音乐、会演奏。于是他每天凌晨 4 点起床，学吹笛、箫，阅读《春秋战国乐器考》《中国音乐史》《江南丝竹》等书籍。

不经一番寒彻骨，哪得梅花扑鼻香？由于他勤奋好学、执着追求，很快成为一名技艺精湛、闻名遐迩的乐器制作师。业内人士认为，他制作的乐器具有"神韵"和"神音"之美。由他制作的"常敦明"名款笛箫在海内外享有很高的声誉，为众多著名演奏家定制乐器，得到闵惠芬、陆春龄、俞逊发等的一致好评。1972 年始，他被任命为上海民族乐器一厂厂长。

上溯至清朝乾隆、嘉庆年间，上海就有人制作民族乐器，到道光年间，上海城隍庙附近已有民族乐器作坊、店铺 20 余家。20 世纪初，江、浙、沪一带江南丝竹、民间乐团的兴起以及唱堂会和小堂名的出现，使上海民族乐器行业开始兴旺起来。在诸多音乐团体中，上海"大同乐会"是较为出名的民间团体，有来自各地的杰出演奏家。他们研制、改革的乐器达 160 余种。1965 年的一天，乐器制作行家郑玉荪对常敦明说："我藏有'大同会'会员的照片，还有乐器照片和 100 余件民族乐器的实物。为了不使它们丢失，我将照片交给你保管。100 余件民族乐器，我打算运至北京，待机展出。"常敦明收下宝贵的照片后，将其保管在上海民族乐器厂。

受此事的启发，从那时起，他开始酝酿筹办民族乐器陈列馆的事。经过 5 年的艰苦搜集和努力，于 1986 年在上海建立了我国最大、品种最全的中国民族乐器博物馆。此馆陈列了 300 多种民族乐器，有仿制原始社会的骨哨、磬、埙、土鼓；奴隶社会的编钟、编磬；战国时期的鼓、瑟、击筑；隋代时期的琵琶、瑟和近代的乐器；等等。他为挖掘和发展我国的民族乐器，繁荣民族乐器事业作出了杰出贡献。

他有一副"金耳朵"

说起来令人难以置信。一般人的耳朵，音准正负 5 音分左右就比较难听准是什么音了，但常敦明却能听出正负 3 音分，他的双耳听力音差在 1.5% 之内，而乐器的好坏，最重要的标准就是音准如何。一般人制作竹笛用定音器校音准，而他却用耳朵听声校音，民族乐器圈子里的人称他有一副神奇的"金耳朵"。

1997 年 11 月 25 日，香港特别行政区委托岭南音乐团举办"中国笛子展览"，特邀常敦明去作讲座，他被好客的香港人邀请观摩了一场音乐会。会后，有人问其感受。常敦明说："演奏水平很高，只是乐团里有的低音校得高了一点。"在座的人惊呆了：几十种乐器的合奏，低音校高了一点点，他也能准确无误地分辨出来，真是奇迹！真不愧有副"金耳朵"！一时，常敦明的神奇在香港音乐界传为美谈。

一次，定居在台湾的原国民党元老陈立夫请常敦明制作两支箫。当制作精良的箫历经周折辗转到陈立夫手上时，这位耄耋老人竟激动得热泪盈眶。不久，他回赠一幅字给常敦明，上刻"乐以和众"四个字。

1995年，常敦明制作了我国第一支倍大低音洞箫，并被试制成我国目前音域最低、世界最大的巨型竹笛，创下上海吉尼斯世界纪录并获得中国文化部科技成果三等奖。1988年，鉴于他在制造、研究笛箫方面的深厚造诣，他被评为我国民族乐器制作界的第一位高级工艺师。

近年来，他与人合著了约15万字的我国第一本笛箫工具书——《中国笛箫》，填补了民族乐器学术史上的一项空白。他先后在我国以及美国、日本等地杂志上发表学术论文10多篇，并被《中国当代创业英才》《中国专家大辞典》《世界名人录》等出版物收录。为此，《人民日报》《中国文化报》《解放日报》《新华日报》和中央电视台等多家媒体进行了报道。一位诗人这样深情地写道：你的一对耳朵 / 在五音里成长 / 你的一双巧手 / 在乐谱里操劳 / 把绿岛风情 / 将长江清韵 / 装进笛子 / 人间便有了仙乐袅袅……笛音甜脆 / 如清晨喜鹊欢叫 / 箫音深沉 / 似雨打芭蕉……让世界聆听 / 中国民乐的奥妙 / 每一个巨笛孔里 / 都飞出民族乐器的自豪……

2001年10月13日，常敦明投资50余万元，在扬中建成全国首家中国民族乐器陈列馆，实现了他多年的夙愿。陈列馆里上至春秋时代的埙、战国时代的古琴，下至明清时代的铜笛，共收藏有200多种民族乐器，其中包括常敦明自己研制的巨笛、巨箫、骨笛等大量乐器文物，为保护民族文化遗产，弘扬扬中文化，作出了不可估量的贡献！

细心的人会发现陈列馆里有一支色泽洁白的仙鹤骨笛，正是在这支鹤笛的背后深藏着一个感人的故事。"走过那条小河 / 你可曾听说 / 有一位女孩她曾经来过 / 走过那片片芦苇坡……"歌曲《一个真实的故事》曾唱红了中华大地。歌中的女孩名叫徐秀娟，出生在丹顶鹤的故乡——黑龙江省扎龙自然保护区。她是我国第一位养鹤的姑娘，也是第一位为保护珍禽而献身的女孩。邓小平等国家领导人曾先后观看过她的驯鹤表演。她在养鹤方面取得的成果令中外专家为之惊异。1987年9月16日，徐秀娟为寻找一对黑天鹅，涉水过复堆河时，不幸溺水身亡，年仅23岁。她生前和爷爷饲养的8只丹顶鹤，其中一只老死之后留下一对腿骨。辽宁鸟语口技表演艺术家阎福兴得知徐秀娟的感人故事后，想把鹤骨制成乐器，作为爱鸟宣传的教材，因而得到馈赠。阎福兴请常敦明玉成此心愿，于是便有了这支独特的仙鹤骨笛。

艺术需要真情，真情需要真我。在长达50余年的艰苦创作中，常敦明悟出了人生的真谛：乐器制作是照亮他漫长人生之路的阳光……

精美石头会唱歌

2002年4月28日上午9时20分，浙江省温岭市的长屿硐天"岩洞音乐厅"——中国首届岩洞音乐会现场：在500多名观众的凝望中，约翰·施特劳斯的《蓝色多瑙河》如行云流水流淌在岩洞中。每曲奏罢，掌声如雷。著名笛子演奏家蒋国基拿着由常敦明制作的国内独一无二的长屿石笛上台时，全场沸腾了。此"岩洞音乐厅"是谁发现的？与常敦明又有什么关系呢？

2001年8月15日，浙江省交响乐团参加了德国北莱茵威斯特法伦州的"巴尔沃岩洞国际艺术节"，在巴尔沃岩洞现场演奏中国交响作品《原始狩猎团》，新华社记者王小川随同采访。当时他想：巴尔沃岩洞是德

2001 年，『中国民间民族乐器陈列馆』在江苏扬中新坝镇长鸣乐器厂正式开馆。该馆陈列了中国自汉朝以后的各民族乐器数千件，成为中华文化园里的一朵奇葩。

国唯一可以演奏大型交响音乐会的天然洞穴，而浙江温岭的长屿硐天是南北朝以来人工开采石板留下来的，迄今已有 1500 多年的历史，这里能否成为中国的天然音乐厅呢？回国后，当得知温岭市将在 2002 年 4 月举办中国石文化旅游节时，王小川便把自己的想法告诉了温岭市市长。得到市政府的支持后，他和当地政府有关人士邀请常敦明、蒋国基等专家前来长屿硐天实地考察。

在洞中，常敦明得知王小川要用长屿石头制作乐器的想法时很是赞同，当即表示愿意用长屿的石材制作石笛和石埙。蒋国基则表示将以长屿硐天为题材创作一首同名笛子独奏曲，并用常敦明制作的石笛在洞内演奏。2002 年 4 月 20 日，常敦明采用长屿硐天的凝灰岩石材顺利制成了石笛、石埙，使吹奏乐器家族又喜添了两个新品种。这次新研制成的石笛长 0.85 米，

与传统的竹笛相比，具有膛、松、清、脆之特点，且音准不易受气候干湿变化的干扰，低音部位更显浑厚，造型更古朴。人们不禁赞叹："精美的石头会唱歌了！"时隔几个月，2003 年元旦前夕，常敦明的新作品——我国最大低音箫又面世了。

也许时间对热爱生活的人格外恩惠。2012 年春天，当我再次见到常老时，他虽已年逾古稀，却一点儿也不显老。他笑容可掬，精神抖擞，谈笑间不停抚弄着他心爱的笛子。如今，他的儿子常本荣不负重托，已接替父亲的事业，得心应手地全面掌管着企业的经营管理，孙女常筝和孙子常阳均毕业于名校的笛子专业，各自在心爱的艺术领域里茁壮成长，祖孙三代都与笛子结下了不解之缘……

临别前，常老深情地为我吹起一曲《苏武牧羊》，乐曲优美，温婉中略带悲壮，令人荡气回肠……

蒋开和：三代嫡传凭鱼跃

于 婧

初会特级河豚烹饪大师蒋开和，这位在厨艺上以"刁钻"闻名的人，说话却慢条斯理、不喜多言。可当被问及为何会与河豚结缘并将半生心血付诸于此时，他即刻神采飞扬、滔滔不绝。随着背后的故事如溪涧一般流泻而出，这位烹饪大师渐渐褪去身上的光环，仿佛又回到最初与河豚结缘的青葱岁月……

灶台边上开始的烹饪梦

"开和，这么晚了还不上床去啊！"当躲在灶台边只露出脑袋的蒋开和再次被妈妈发现并拎出来时，他的小眼睛还恋恋不舍地盯着锅中热气腾腾的河豚。妈妈以为他贪吃，撷起一块放进其嘴里。一阵咀嚼吞咽，他支吾道："妈妈，我也想学做河豚……"妈妈"扑哧"一笑，权当小孩的玩笑话。可谁也不曾想到，正是源自幼时的这一美味诱惑，蒋开和心中才产生了烹饪河豚的念想，也就此拉开"河豚缘"的序幕。

蒋开和家住扬中市丰裕镇朝阳江边。每天天空刚泛鱼肚白，蒋开和的爷爷便与其他乡亲出江打鱼，收获的鱼虾交由生产队统一售卖，卖剩的鱼大家平分。

河豚每斤三毛四——这个现在看似白送的价格仍令普通老百姓捉襟见肘；加之烹饪技术难以掌握，工序繁琐，所以往往被剩最多。村民分到河豚后，巧手将其烹制。所以朝阳村常常整个村子家家户户烧河豚，炊烟袅袅，香气馥郁，着实诱人！好多外村青年"嗅"着河豚香味前来创业，又"恋"上佳肴美味不舍离去，这也算"河豚经济"的最初体现吧。想想也是，民以食为天，能在这样一个极度满足味蕾需求的地方浇灌梦想，何乐而不为？

当同龄的孩子热衷于掏鸟窝、抓知了时，蒋开和却喜欢上了打鱼，而且颇有心得。他最擅长的便是钓河豚：借助一个大草篮，篮边上用草绳并排绑无数根鱼线，鱼线的另一端绑着鱼钩，上面钩着河豚爱吃的小虾、河蚌、蚂蟥等。篮子放入水中，鱼钩便有序地沉下去，丝毫不会凌乱。无数鱼线浸入水中，如同美人鱼飘逸而晶莹的长发般自由摇曳，吸引无数河豚倾慕而来，自投罗网。每当捕获活蹦乱跳的河豚时，蒋开和都如获至宝，欣喜万分。不过，更令他开心和沉迷的还是趴在灶台上看大人烹制河豚。爷爷手脚麻利地宰杀、剥皮、剔毒、洗净，妈妈则将河豚干熬油、爆香，拎起一条肉质晶莹的河豚入锅、翻炒、熬煮，最后扔入一把小青菜。再掀开锅盖时，令他回味整晚、做梦都有滋有味的人间美味便出炉了。他暗自惊叹：刚刚还在水里咕咕叫的小胖鱼，经过这么几下处理，便成为如此美味，实在是不可思议！

蒋开和的爷爷和妈妈都是朝阳村颇有名气的烧河豚高手，尤其是爷爷，解放前便常试"牛刀"，被邻居们请去烧河豚，技术愈发纯青，引得镇里放映队抢着来朝阳村放电影，千方百计要尝尝蒋老爷子的手艺。看到孙子如此兴致盎然，爷爷很是高兴。他希望孙子能把他的手艺传承下去，与更多人分享美味，他将自己的经验和知识倾囊相授。在爷爷的精心栽培下，聪明伶俐的蒋开和很快领悟了烹饪河豚的要领。

17 岁时的人生抉择

1977 年，蒋开和高中毕业，享受知青待遇分配至水泥厂。当时水泥厂待遇颇丰，年轻人很是向往。可蒋开和却难以开怀，他到劳动局提出要调换单位。劳动局领导看着眼前这个稚气未脱的小伙子："水泥厂待遇很好啊，为什么不去呢？"他脑海中浮现出爷爷和妈妈手拿大勺给乡亲们做河豚时的幸福笑脸，以及乡亲们等待河豚出锅时的迫切眼神和尝到美味后的满足神情。不再迟疑，他目光坚定地说："我想当厨师，我想给大家烧河豚！"那一年，他 17 岁。

蒋开和如愿进入扬中饭店，成为一名厨师。当别人还贪恋温暖的被窝时，他已

名厨蒋开和

摸黑起床去工作；当同事歇工回家时，他抄起锅勺辛苦练习。上天不负有心人，他的踏实肯干和谦虚好学得到领导和同事的一致肯定。蒋开和经常被派送至上海、南京等大城市交流取经；加之从小苦练的扎实基本功和与生俱来的做菜天赋，他很快成为扬中饭店的头牌大厨，刚满 20 岁便荣升为饭店副主任。

可是，工作一帆风顺的蒋开和却常觉失落。当时无毒河豚的养殖尚未普及，烹制方法也不规范，饭店一直将河豚拒之门外。他所在的扬中饭店是国营大饭店，更是不敢铤而走险。一身好手艺无从发挥，绝伦美味也无人能尝，他犹如被困住手脚，

难以释怀。

　　机会终于来了。1986 年,乘着商业系统扩展联营的东风,蒋开和承包了扬中食品厂下属的一家饭店。这间路边小店只有 30 平方米、7 张桌子,当时亏损严重,别人都避之犹恐不及。可蒋开和却将其视为梦想启程的地方。饭店开张后,他更加潜心研制河豚的烹饪技法。数月之后,胸有成竹的蒋开和开始为顾客烹制河豚,主打白汁、红烧两种烧法。白汁河豚口味清淡爽口,令人齿颊留香;红烧河豚则色味俱佳,令人回味无穷。两者各有千秋。白汁河豚犹如未施粉黛的出水芙蓉,清纯淡雅;红烧河豚则如盛装的娇艳贵妇，明艳动人。一经推出即引起轰动，慕名而来的宾客络绎不绝。酒香不怕巷子深，很快，这家小小的饭店便因烹制河豚而远近闻名，一时门庭若市。

这家饭店是扬中历史上首批经营河豚菜肴并延续至今的饭店。

飞黄"豚"达的梦想大道

36岁时，蒋开和迎来了事业的"第二春"——汇丰河豚馆开张。汇丰河豚馆位于闹市街区，营业面积千余平方米，可以满足两百人同时用餐。蒋开和烧制河豚的手艺也越发得到认可，民间更是流传"一年四季下扬中，河豚真味在汇丰"之说。对于蒋开和来说，"汇丰河豚馆"为自己梦想的实现提供了更为肥沃的土壤。他浇灌的花朵以不可阻挡之势尽情绽放，散发出迷人的芬芳。

2004年的3月，一个扬中人永远不会忘怀的芳菲早春，扬中市首届江鲜美食节在众人期待中揭开帷幕，作为子活动之一的首届江鲜烹饪大赛也隆重举办。60余名厨师汇聚一堂，同台竞技。蒋开和烹制的白汁河豚汤汁浓郁、白皙如乳、香气扑鼻。经过激烈的角逐，白汁河豚一举夺得实践组第一名，蒋开和也毫无争议地被评为首批特级河豚烹饪师之一。不过蒋开和认为，能结识众多烹饪高手、提升烹制技术、分享美味佳肴才是最让他高兴的。

日本是全世界最嗜食河豚的国家，那里有技术高超的河豚烹饪，蒋开和曾漂洋过海前去学艺。蒋开和受到日本烹饪大师佐佐木丰的盛情款待，相互之间还进行过一番技艺切磋。佐佐木丰大师尝到蒋开和的白汁河豚后赞不绝口："我一直认为日本做的河豚味道最鲜美，没想到中国人比我们做得更好！"而看到河豚经佐佐木丰精湛手艺加工后如同艺术品一般呈现于眼前的新鲜河豚刺身晶莹剔透，造型精美，蒋开和也不禁暗自佩服。他深受启发，回扬中后，便精心研制了一款河豚火锅：以其拿手的白汁河豚为汤底，配上河豚刺身和几十种蔬菜、豆制品供客人挑选添加。河豚火锅汤底色香浓郁、鲜美至极，配菜清爽宜人、营养丰富，掀起了新一轮的"汇丰"河豚热。

"好啦，我的故事结束啦！"正当我们意犹未尽之时，蒋开和却起身道别。原来他的一位淮安徒弟赶来探望师傅，也许是想再讨教些厨艺吧。

属于蒋开和的故事远未结束。但是无论下面的传奇如何精彩，想必都离不开一个主角——河豚。

（本文配图摄影　张杰）

讷 言

孔庆璞：牵着你的味蕾畅游

引子

作为土生土长的扬中人，我人生的前 25 年，偶从年长者口中听到过有关河豚的趣闻轶事，使我对河豚这一极富传奇色彩且又具有两面性的鱼类望而却步。

直至三年前的一次搭伙吃河豚的经历，由于一位文人大厨烹制的河豚菜肴，我彻底卸下了内心的防备，并在大快朵颐之际尽享河豚美食所带来的快意。

那个正月里，年味还未散尽，寒风依旧凛冽。据说这种搭伙吃河豚的集体活动已延续数年，只是刚到

文人大厨孔庆璞

单位工作不久的我首次参加。在那天的聚会上，我品尝到了孔庆璞大师亲自掌勺烹制的红烧河豚。虽只是小范围的自娱自乐，他依旧煞有介事地戴上了象征他大厨身份的高帽，在灶台边忙得不亦乐乎。为了保持菜肴的原汁原味，他烹饪时只放了些提鲜的春笋，未添加味精等调味料，河豚上桌时赢得赞许一片。或许是热闹、融洽的氛围融化了我冰封已久的成见；或许是不忍游离于团体之外，碍于情面只得下箸；又或许是在谈笑风生、酒酣耳热之时忘却了曾经的胆怯。总之，在那次算不上饕餮盛宴的聚餐后，我对河豚的畏惧一

扫而光，并对烹制河豚美味的孔大师油然而生敬佩之情，不仅为他精湛的厨艺所折服，更被他渊博的学识所感染。

一

孔大师何许人也？这一友人间表示敬重又略带调侃的称呼确是名副其实的。

孔大师本名孔庆璞，是一名地道的扬中文化人。年过半百的他本职工作是扬中市文化馆的一名干部，

研究生学历，副研究员职称，曾做过几年中学英语教师，说得一口流利的英语。此外，他兼任扬中市文联副主席、扬中市民间文艺家协会主席，中国民间文艺家协会会员。

如此文人似乎与"厨师"这一职业"八竿子也打不着"。但在孔大师身上，"文人"与"大厨"的双重身份却结合得甚是和谐与完美。他将对河豚美食及民俗文化的热爱融入了他的本职工作，并在日积月累的钻研实践中，练就一套高超的河豚烹饪功夫。如今，业余爱好厨艺的孔庆璞不仅获得了"中国烹饪大师""特级河豚烹饪大师"等众多称号，而且创办了白玉兰酒店以及以自己的名字命名的河豚会馆。孔氏徒弟人数虽远不及孔门弟子三千，却也已达300余人，他们分布于大江南北，以烹制河豚为代表的江鲜菜见长。

二

谈及孔大师与河豚的渊源，与大多数俗套的人物访谈文章类似，得从他儿时说起。扬中人吃河豚的传统源远流长，而孔庆璞自幼就看家人烹制河豚，经耳濡目染和勤学苦练，习得一手烧河豚的好手艺。出于对烹饪的浓厚兴趣，他曾专门自费到扬州学习。1993年，他创办了白玉兰酒店，主打"江鲜菜"，在融合典籍技巧与现代烹饪手法的基础上，成功推出了以"江鲜吉祥三宝""明宫河豚"为代表的近百道第五代金牌河豚宴，打响了"孔氏河豚宴"的品牌。凭借精湛的河豚烹饪技艺，他捧回众多重量级烹饪大赛奖项，如：首届全国江鲜烹饪技能大赛特金奖、中国首届河豚烹饪技艺大赛特金奖、中国名宴展示暨私房菜技艺大赛特金奖等。光环背后隐藏的却是一回回以身试毒的冒险经历、一个个冥思苦想的不眠之夜、一次次推陈出新的反复试验……他将"拼死吃河豚"的勇气上升到一个新的高度，同样一个"拼"字，他拼出了艳冠群芳的"孔氏河豚宴"，拼出了河豚文化的研究先河，拼出了"中国非物质文化遗产扬中河豚文化代表性传承人"的唯一称号。

三

孔庆璞称得上是扬中河豚文化研究的"开山鼻祖"。1992年，他偶然在图书馆浏览了明朝典籍《宋氏养生簿·烹河豚》，邂逅这本"秘籍"使他兴奋得如获至宝。源于这样一个契机，他开始正式埋首于河豚文化的浩瀚海洋且一发而不可收。孔庆璞的勤奋和执着在业内有口皆碑，他除了有"一把勺"，还有"一支笔"，在不断创新推出新菜品的同时，他尤其注重对河豚文化内涵的深入挖掘。数十年来，他发表多篇论文，获多项荣誉，其撰写的文章《河豚文化在扬中》收入由苏州大学出版社出版的"江苏特色文化丛书"《镇江特色文化》一书，"江鲜制作技艺扬中河豚文化"已列入镇江市非物质文化遗产保护名录，另著有《扬中河豚菜谱》（合著）、参编《江鲜飘香》等烹饪专著。身为江苏省烹饪协会培训中心特聘教师，孔庆璞定期向扬中、常州、苏州等地酒店老板和行政总厨讲授河豚知识与河豚文化。乐于且善于接受新事物的他，专门开设了河豚会馆网站，开通了河豚文化微博，在更广的范围内扩大扬中河豚文化的影响。

2012年11月，中国民间文艺家协会组成专家组对扬中申报创建"中国河豚文化之乡"进行了考察评审。在评审会上，孔庆璞作为扬中河豚文化代表性传承人发言。他从河豚的自然生物特性、食用及药用价值、历代人文典故、本土饮食习俗等一点点漫谈开来，以风趣的妙语慢慢揭开河豚文化的神秘面纱，激起专家们的浓厚兴趣。评审组一位资深的民俗文化专家不无幽默地提出：要"保护"好我们的孔大师，保护好扬中的河豚文化。

从某种层面而言，孔庆璞并不是一位只懂烹制美食的简单匠人，他更是一位学问家、一位孜孜以求的创造者。因为有了情感的注入，他的河豚菜品才拥有了持久的生命力；因为有了思想的表达，他的美食盛宴才绽放出独特的文化光彩。

四

每每研发出新的河豚菜品，孔庆璞总会邀请三五好友率先尝试，一来借众人之口检验其研发成果，二来集思广益征集改进建议。鄙人有幸曾随同赴宴，一尝大厨新鲜菜品。品尝孔大师烹制的河豚需将眼、耳、口、鼻各个感官全部调动起来，真正是一种全方位、立体式的独特体验。饭桌之上，河豚菜肴色、香、味俱全自不必说，最重要的是可以切身感受饭局之中所包含的文化意味，近距离聆听孔大师讲述有关河豚的种种民俗掌故。这是在其他任何一家河豚馆所不能领

略和享受得到的。依稀记得第一次在他的酒店品尝火锅生涮河豚肉、河豚肝，众人经他演示后，逐一实践"左三右四"和"七上八下"，无不交口称赞，如此别致的吃法和新颖的说辞大概也只有他这个文化人才想得到、做得出吧。

曾看过一篇有关美食的文章，记住了这样一句话："味蕾上的风景与魔力之所在，永远都是一种缠绵的诱惑。"我想用它来形容孔庆璞带有文化范儿的河豚盛宴应是恰如其分。河豚是一种洄游类的鱼种，它们从大海中来，经历了惊涛骇浪、艰难险阻，一路洄游到长江，最终到达目的地的都是"精锐之师"，肉质最是鲜美异常。现在，由于环境污染、过度捕捞、水利工程等因素的影响，虽然再难一尝江里野生河豚的美味，但在孔庆璞的河豚宴上，依然能通过形形色色的河豚菜肴感受到唇齿间味蕾的跳动，陶醉于文人大厨娓娓道来的那些关于河豚的美丽典故和动人传说之中。

（本文配图摄影　张杰）

徐琳

居永和：扬淮风韵醉昔今

扬中名厨居永和

身为南京十大名厨之一，他走南闯北，进出海外 35 年，以其丰富的从业经历、精湛的烹饪技艺笑傲厨界。他就是扬中长江大酒店里的主厨居永和。居永和是"扬中淮扬菜"的缔造者，他独创的"扬—淮风"菜系除了拥有淮扬菜的"精细"外，还融合进扬中本土菜肴的原汁原味，经过不断的创新和改良，形成风味独特的江岛美食。

融合：淮扬菜系与扬中菜肴的天作之合

自长江大酒店开业那天起，居永和便成了这里的"主家"。与其说他是被高薪聘来主掌厨业的，倒不如说他是搬进店里来居家的。用他的话说："我是个以店为家的人。"8 年前，在南京餐饮界已颇具名望的居永和在长江大酒店的盛情邀约下，依依不舍地离开了自己工作 17 年的地方，从熟悉的都市来到陌生的小岛，他亲眼见证并参与了一座四星级酒店的成长壮大。

任何一个具有长远眼光、具备发展潜力的企业，从来都不只是某个人一枝独秀的舞台，它更需要凝聚一支既可各展所长又能精诚合作的优秀团队。长江大酒店同样如此。为了打造高水平、高标准、高素质的厨师队伍，居永和可谓"煞费苦心"，他凭借自己多年来积累的经验，运用所掌握的管理学知识，将来自五湖四海的 100 多名厨师整合为推动"长江"发展的一支"生力军"，在运筹帷幄间打响了长江大酒店的美食品牌。

为了将扬中菜和淮扬菜各自的优势有机融合，居永和苦心钻研，他去过武汉，到过上海，问过高厨，询过师祖，汇集多方意见，研磨出带有扬中本土特色的"扬—淮风"菜系。例如，扬中人惯于将本地南瓜烧煮食用，但居永和别出心裁地融入淮扬菜的精细元素，打造出不一样的南瓜甜点。他潜心研磨数月，从

白汁河豚

最初的选料到后期制作，先后尝试了十余种方法，最终找到了一种最佳的淀粉佐料，再加以西式的油煎法，做出口感细腻醇厚的油焗南瓜。

创新：活色生香和口齿留香的执着追求

学厨时期，居永和十分认真刻苦，他不仅勤于动手而且善于思考。他常说："不动脑子的人，他可以做事，但不会成才。"淮扬菜以精细闻名，每道菜从原料加工到最后上桌都要经过七八道工序，因其制作工艺繁琐复杂而被业内认为是中国各大菜系中较难掌握的一种。自居永和接触淮扬菜起，他便不放过每一个学习的细节，总是在色、香、味、形、器等各个方面力求做到完美，打下了扎实的基本功。

来到扬中后，面临新的环境，他接受了新的挑战。俗话说入乡随俗，如果仅仅还是做自己所擅长的淮扬菜，必定不能完全满足各方食客的需求，且无法体现一个地方的饮食风俗和特色。面对新课题，他毅然迈上了一条求索、创新之路，在尊重传统的基础上，他精心研究当地菜肴的特点，大胆思维、勇于尝试，最终成功打出"扬—淮风"品牌，这正是他对厨艺追求永无止境的体现。

在居永和的带领下，如今的长江大酒店，每月都会推出 10 ~ 15 种新品菜肴。每年的不同季节里，他们都会邀请八方来客前来参加酒店举办的 3 月"长江三鲜美食节"、5 月"龙虾美食节"、10 月"金秋螃蟹美食节"等活动。2012 年，居永和和他的团队还前往绍兴、内蒙等地知名酒店和餐厅参观学习，并在当地展示了自己的特色厨艺。

品牌：意境之美与味道之美的独特打造

一个酒店要创出自己的品牌并非易事，要保住品

长江刀鱼

牌并在其基础上发扬光大更是难上加难。为把"扬—淮风"品牌做大做响，居永和力求打造出口味与形貌并重的精致菜品。他要求团队在保证色、香、味的同时，不忘菜形和盛器的精美。在他看来，每一道菜肴都应该成为酒店的招牌菜，都在该体现酒店的品质。为此，居永和在每道菜上桌前都会严格把关，审查满意后方允许呈递给客人。

如今，居永和依然在推陈出新的道路上艰难跋涉，他以江鲜为主打，淮扬为底色，川菜为调料，粤菜为提升，创出"多系一体"的酒店菜式风格。居永和相信，只要认认真真、踏踏实实地做好每一道菜品，长江大酒店这块"扬—淮风"金字招牌就会永远传承下去。

在水
ZAISHUI ZHIYANG
之央

年味 马健

春联 李山泉

《祈福》 摄影 曹学松

离除夕越近，年味也就越重。越是迫近年根，心头越是会平添一丝乡愁，一缕思绪，一抹期盼。

一到腊月很快就有了年味。一年忙到头的人们更加显得忙碌。家家户户忙着蒸馒头，做豆腐，办年货……小孩子开始放寒假，跟着大人上街办年货，感受街上那人山人海的气氛。年越近，街上的人越多，炒花生，卖瓜子，摊主忙得喜上眉梢；各类鱼肉、家禽、蔬菜，家家户户都得置办。让人更感觉到年味的是满街挂着的春联、年画，还有那些鞭炮、烟花。这些似乎都昭示着新的一年即将到来，祝福着忙碌的人们能够过上一个团圆的春节。

年味最浓的日子要数大年三十。白天贴对联、敬神、放鞭炮，晚上吃完年夜饭，就着手准备包饺子了。面皮是擀的，馅是肉和青菜的。摊皮、上馅、捏好角，再横竖分明地摆放整齐。饺子的"饺"和"交"谐音，有"交子"之时、团聚之意，因此饺子象征着人们和和顺顺过

摄影 绿野

新春的祈望。子夜时分，鞭炮声此起彼伏，空气中充满着浓浓的火药味。锅里的热水烧开后，饺子已下锅，吃饺子（交子）的时候也很快到了。

　　大年初一，照例又是被鞭炮声吵醒的，拜年是小孩子最喜欢和最兴奋的事。嘴里大声喊着甜甜的拜年话，不光得到好的吃食和祝福，还能得到压岁钱。

　　正月既来，各种闹年活动让年味愈发弥散开来。各村组织的秧歌队扭进村里空旷的场地上，各类响亮的乐器吹起来，舞龙舞狮行动起来，看热闹的男女老少也围了上来。秧歌一扭，歌声唱起来，鞭炮也随即点燃，顿时鞭炮声、喇叭声、歌唱声与扭动的舞步交织在一起，构成一幅喜庆的民俗风情画。每当此刻都是人山人海呼和着，大家乐呵呵地聚集一起享受着新春的文化大餐，而多姿多彩的文艺表演总能赢得村民们好一阵喝彩。

　　闹年尽兴了，年味依然没有散去，是时候提着礼物带上孩子走亲访友，相互拜年了。不讲究礼物，讲究脚印和亲情，路遇熟人，放下礼物歇会儿脚，热情地寒暄，热情地祝福，孩子们则不耐烦地催促，心里打着自己的算盘，走亲戚最期待的是拿到红包包着的压岁钱，然后赶快回家继续和伙伴们的玩乐计划。亲戚朋友更多的是喝茶交谈，有时打牌搓麻将，调侃里充满友好，充满温情。

　　正月里，欢乐的人们总是想着法子更欢乐，尽着性子闹新春，年味一直

摄影 于月

持续到张灯结彩的正月十五。十五一过，年味便淡了许多，人们开始陆陆续续收拾着心情，准备新年的辛苦劳碌；孩子们在父母的催促下，拽回放飞在快乐里的童心。只有门框上的春联和大红灯笼，院子里厚厚的烟花碎屑，屋檐下新增的瓜果屑，孩子们已经弄脏的新年衣服，还在继续着残留的年味……

年味是一种心情，伴随着辞旧迎新的脚步，让喜悦在人们的心中与日俱增；年味是一种情谊，让各种关系多了情感的抚慰，昔日的友谊更加源远流长；年味更是一种喜悦和希望，让更多的人去圆新的梦想，收获来年的喜悦和满足。

趣谈扬中麒麟唱

奚贞根

麒
麟
图

麒麟唱，江南江北皆有。但扬中的麒麟唱独具特色，别有风味，很受扬中人的青睐。麒麟唱原为来扬中的拓荒者从各自老家带来的小唱。经过几百年的传承、发展和创新，逐渐形成了具有扬中地方特色的方言小唱。麒麟唱一般为一人唱，多人和，十分热闹。曲调流畅而单一，朗朗上口，唱腔近乎于民谣、民歌、咏吟，风味质朴，易学、易唱、易传播，曾是扬中群众文艺流传最广泛的一支流派。扬中新坝几乎人人会唱，有的人不但会唱，而且会编。一般七言为一句，四句为一段，主唱者手拎大锣，四句唱完，大锣、镗锣、大钹、鼓齐敲一下，重复和唱第四句，间敲一阵锣鼓，再接着唱下一段。

新坝的麒麟唱有三种流派。

第一种是创新派。这派的人文化水平较高，其中不乏私塾先生参加，唱词脱俗。较有名气的有田启贵、朱本兰、郭德仁等。他们的麒麟唱贵在紧贴现实，极具教育意义。

1944 年，为了宣传共产党的抗日主张，我曾跟田启贵带头的麒麟班子一起到一个两面派保长家门口，田唱过两段新作：

锣鼓一打响当当，汪精卫狗豺狼，陈公博黑心肠，

他们都是哈巴狗，摇尾投降小东洋。

锣鼓一打闹哄哄，纸菩萨害怕风，泥菩萨害怕雨，不怕风雨是毛泽东。

群众听了高声叫好，起到了很好的宣传作用。

第二种是民俗派。这一派为一般农民中的麒麟唱爱好者。农民语言淳朴，民俗风味较浓，能见什么唱什么，风趣盎然，耐人寻味。这一派中影响较大的是万有之、鄂明寿、杨三、张大等人。我记得杨三曾在一位赵姓人家门前唱道：

锣鼓一打好热闹，主家咸鱼咸肉挂的高。

平常无事舍不得吃，来了客人刳下来烧。

这个唱段全是农家语言，既唱丰年有余，又赞主人节俭好客的美德，使我至今难忘。

又有一次，鄂明寿等人来到向阳村 146 圩一户农户口前，看到四人围坐于八仙桌打麻将，触景生情，口启词到，边敲锣子边唱：

锣鼓一停唱开腔，堂上牌友打麻将。

四人坐下五人赢，聚宝盆在桌中央。

杨三曾到向阳村 158 圩卜姓人家门前，看见门里坐着一位白发老翁，便唱道：

锣鼓一打喜气高，堂上坐着寿星老。

王母娘娘来祝寿，送上千年寿仙桃。

老人笑着说："托你的福，你我同寿。"说罢，高高兴兴地送上喜钱一份。

再说张大，家住丰乐桥，是个瘸子，以唱谋生。他左手举着小麒麟，下挂小镗锣，一人独唱自敲。他虽然不识字，但是记忆力极好，有口才，唱词颇有乡土气，引人发笑：

铜锣一打唧又唧，主家养了老母鸡。

生下蛋来哈哈笑，屙下屎来骂瘟鸡。

这边听众笑声未停，他那边又唱了起来：

小锣一打响当当，八仙送财到府上。

若问仙人是哪位，丰乐桥头张大郎。

刚唱罢，又是一阵哈哈大笑。

第三种是颂古派。专门唱《三国》《水浒》《西厢记》《八仙》等历史故事或神话传说。新中国成立前曾有颂古派的石印小唱本。这一派以吴恒章、汤文友等影响较大。吴曾出有唱古书。他还擅长麒麟唱的对口唱，如：

天上娑罗树什么人栽？地上黄河什么人开？

什么人把守三关口？什么人出家不回来？

唱完后，锣鼓敲了一阵，自己接着唱：

天上娑罗树王母娘娘栽，是地上黄河海龙王开。

杨六郎把守三关口，韩湘子出家不回来。

这种形式比较适合两人对唱：一人唱上段，一人对

下段。

汤文友原来是扬剧草台班的演员，擅长唱古诗文。他每到一处，总要唱几首《千家诗》上的诗句作为开场白。如：

爆竹声中一岁除，春风送暖入屠苏。

千门万户曈曈日，总把新桃换旧符。

（王安石《元日》）

重重叠叠上瑶台，几度呼童扫不开。

刚被太阳收拾去，却教明月送将来。

（苏轼《花影》）

人们知道他会唱戏文，于是他就坐下来慢慢地唱了。这一流派已随着表演者逐渐故去而失传。

第四种是创新派和民俗派的结合，姑且叫时代派。近几年我经常听到这样的唱段：

锣鼓一打响当当，主家楼房新式样。

琉璃瓦来四落水，宽敞的堂屋金碧辉煌。

锣鼓一打喜气高，人生七十不算老。

九十、一百有津贴，和谐社会人寿高。

锣鼓一打好热闹，人民生活大提高。

鱼嫌芒多肉挑瘦，只恨猪仔长肥膘。

二月二龙抬头

关于"二月二"的记载

古代关于"二月二龙抬头"的各种民俗活动有很多记载。人们也把这一天叫做龙头节、春龙节或青龙节。清末的《燕京岁时记》说："二月二日……今人呼为龙抬头。是日食饼者谓二月二——春饼之龙鳞饼，食面者谓之龙须面。闺中停止针线，恐伤龙目也。"这时不仅吃饼吃面条，妇女还不能操作针线活，怕伤害了龙的眼睛。《辽中县志》记载了民国时当地二月二的民俗："二

月二日，俗称"龙抬头"。晨起以竿敲梁，谓之敲龙头，意谓龙蛰起陆，盖时近惊蛰之期。农家咸以粗米面作饼及馒首而为早餐。妇女于是日为童孩剃头，盖取龙抬头之意。"这是辽宁地区的民俗，清晨要用长竿敲击房梁，把龙唤醒。同时也制作一些面食吃。

扬中的"二月二"民俗

农历二月初二，是扬中民间的传统节日之一，名叫"龙抬头"，也称"龙头节"。农历二月二前后正逢惊蛰节气。惊蛰的含义是隆隆的春雷声惊醒了蛰伏的虫类。传说这时经过冬眠的龙，也会被雷声惊醒，所以有"二月二，龙抬头"的说法。"龙抬头"一词最早见于明人刘侗的《帝京景物略》卷二《春场》："二月二日曰'龙抬头'。"我国古代许多地方，每到"龙抬头"这一天，人们都到江河水畔祭龙神。

"二月二龙抬头，家家男子剃龙头。"旧时扬中民间有"有钱无钱，剃头过年"的说法。春节前剃了头、理了发，到了二月二，已经有一个多月，正是需要剃头理发的时候。二月二龙抬头，是吉祥如意的日子，时间一长，就形成了二月二剃头的习俗。"二月二龙抬头，家家小孩剃龙头"也是这一原因，为取吉利在剃头中间加一"龙"字，叫剃"龙"头，以区别其他时间的剃头。大家普遍认为，在这一天剃头，会使人红运当头、福星高照。这天，所有理发的地方都会忙得不亦乐乎，皆因人们一个多月没理发了。所有的理发师傅，歇了整整一个月，赶到二月二这天，早早开门，不用迎接客人，客人自然蜂拥而至，

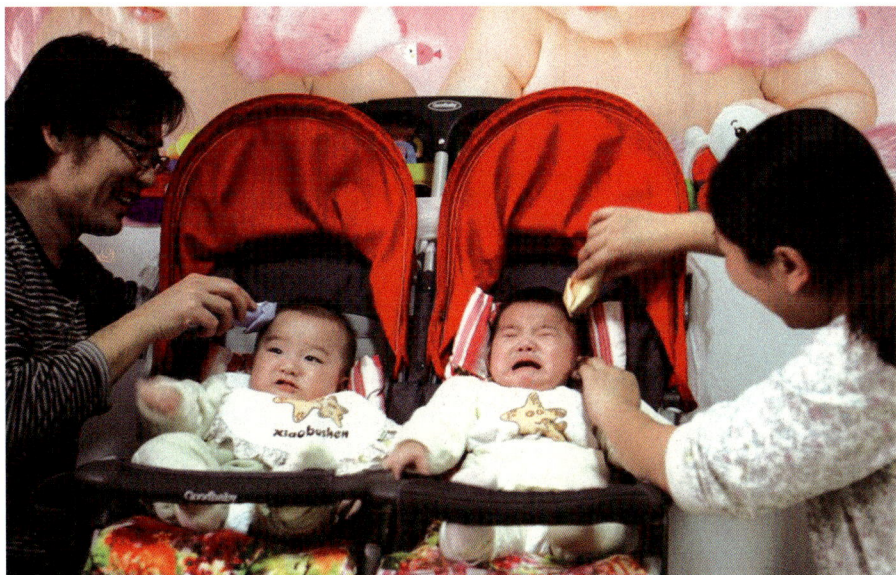

"二月二龙抬头，孩子大人要剃头。"

另外，家长们选此日送孩子们入学读书。"二月二，家家人家接女儿。"旧时，正月新娘不回门，媳妇不走娘家，正月不空房。同时还有"出嫁的闺女正月不能看娘家的灯，看了娘家的灯死公公"的迷信说法，因而正月出嫁的女儿不准回娘家。一个多月的时间，闺女想娘，娘想闺女，到了二月二，不仅已经出了正月，而且又是吉祥如意的日子，各家都接女儿回娘家。

"二月二，照房梁，蝎子、蜈蚣无处藏"。这天，人们点着过年祭祀用剩下来的蜡烛，照亮房梁和墙壁，以驱灭害虫。另外，在这一天，孩子们要用筷子敲干瓢，边敲边说："二月二，敲瓢叉，十个老鼠九个瞎。"又用筷子敲酒盅说："二月二，敲酒盅，十窝老鼠九窝空。"以此来驱鼠灭鼠。用白纸条书写"二月二，诸虫蚂蚁直入地"的"蜒蚰榜"，其中"诸虫蚂蚁直入地"要倒书，然后将其贴在桌腿或床脚上，以避虫蚁。

"二月二，龙抬头，大囤满，小囤流。"这一天，人们用青灰画粮囤或粮仓，或在门前用青灰画大小不等的圆圈，象征大圆接小圆，祈祷丰收，这又是民间一俗。

关于"二月二"的美丽传说

"二月二，龙抬头，春雨下得遍地流。霹雳一声惊天地，怎知龙王心里愁。在这泥土气息浓郁的童谣里，有一个动人的故事。很久很久以前，东海龙王生了三个龙子，就缺一个龙女。龙王想，要是再有个公主，儿女双全，那该有多好啊！王母知道这件事后，就给龙母吃了一粒仙丹，不久，龙母就怀孕了。第二年二月二，龙母果然生了一个白白胖胖的女儿。小公主一天天长大了，对龙宫的生活厌倦了，渴望到人间去寻找真正的幸福。龙母知道女儿的心思，她劝公主说："孩子，龙宫里无忧无虑，要什么有什么，为什么要到人间去呢？"龙女说："龙子龙孙们只知道吃喝玩乐，我一定要到人间去，寻找真正有乐趣的生活。"龙母见女儿决心已定，便悄

悄悄地把她送出龙宫，还给她带了一个锦囊。龙女依依不舍地告别母亲，飞过九十九条河，越过九十九座山，来到了一座大山下，公主四下里望了望，远远地看见土地都干裂着嘴巴，庄稼都低垂着头，太阳正火辣辣地烤着大地，不远处，一个青年农夫在田里吃力地劳动。公主走过去问道："这么旱的天，你种地会有收获吗？"小伙子苦笑着说："有什么办法呢？家里的老母亲还靠我养活呢！"龙女很同情他，从锦囊中取出几粒红豆，向地里一撒，一会儿，田里就升起厚厚的浓雾，干枯的禾苗泛出了绿色。小伙子一看赶忙向她行了个礼，说："仙姑，这儿方圆几百里都遭了大旱，还请仙姑救一救穷困的百姓。"龙女非常感动，她想：他真是个好人，一心想着别人，真是我的知音啊！于是，她从锦囊里抓了一把红豆抛上天，顿时电闪雷鸣，一场大雨酣畅而下。雨过天晴，山青了，庄稼绿了，人们脸上露出了舒心的微笑。小伙子感激地向姑娘道谢，公主脸上飞起了红云，说："不用谢我，只求我俩百年好合。"小伙子听了，甜滋滋地把姑娘领回家。再说公主离宫出走的事被龙王知道后，龙王非常恼怒，不让龙母去看女儿。龙母每天想念女儿，每年阴历二月初二就浮出海面，抬起头来向女儿离开的方向痛哭一场。她的哭声变成了雷声，她的眼泪化作了春雨。

黄明时节登圌山

寂寞的游丝

没有经过考证，所以不知家乡从什么时候开始将清明的后一天定为黄明节。黄明节其实只是一个小镇的庙会，但这个庙会延伸的地域却远非一个小镇所能涵盖。长江北面的扬州鲜有人渡江而往，而世代居住在扬子江中小岛上的扬中人，每逢黄明时节可谓倾巢而出，涉江而来，不是为了赶庙会，而是为了登圌山。

圌山西距镇江 30 公里，雄峙江浒，扼锁江喉。传说圌山原名瑞山，秦始皇东巡途经此地，见瑞气升腾，龙骧虎视，立即传旨将瑞字左边的"王"去掉，用"口"将余下的部分框起来，以免王气外泄，危及他的千秋江山。于是这座山便叫做"圌山"。"圌"字即为此山造。

圌山高 260 米。为宁镇丘陵地区的最后一座山。往东即是长江中下游平原。圌山顶有砖塔一座，名报恩塔，建于明代崇祯元年，被誉为万里长江第一塔。

当年，日本鬼子入侵后曾用大炮瞄准此塔轰炸，但没能炸毁。老人们传神地说：宝塔下有金磨盘保护着，所以炸不倒。山中有寺"韶隆禅院"，虽非千年古刹，倒也香火旺盛。

圌山壑深谷幽，怪石嶙峋，古木参天，竹林摇曳。山上有 36 处悬崖，72 道险坡，山体上散布着洞穴。此山北临长江，是一道扼守长江的天然屏障，所以曾是抗击英国船队入侵的堡垒阵地。山上至今有被保护的抗英炮台遗址。

传说乾隆皇帝下江南时来到圌山，看到南北绵延的圌山北边的五峰山和南边巍峨的宝塔遥相呼应，蔚为壮观，立刻咏了一个上联：独掌遥遥五指三长两短。随行的宰相反应敏捷，脱口成对：一塔峨峨六门四面八方。

我从小就听着圌山数不胜数的传说长大。少时，随

着哥哥还有小镇上的姐妹们上山采过蘑菇，摘过松果。虽然离乡多年，对它的崇拜和亲切却总是深藏心中。今年早就下了决心要回去登山。

邀了几个同事，黄明节这天起了个大早就上路了。迎着晨曦，开拔不久便来到了山脚下。我想寻找儿时上山的路登山，可是原来上山的路前有房子盖着，还有大片金灿灿的油菜花儿挡着，就是找不着上山的路，一行人随我兜着圈笑话我忘了路。突然心生灵感，路本是人走出来的，为什么要找路呢？抬头看四处都挺陡峭的，但还是横下心来，就这样攀登岂不刺激？我的倡议一出，大家纷纷响应。一行人手脚并用抓着树枝，踩着树根就开始攀爬，泥土和石子在脚下"索索"地往下滚，有惊无险，还都挺勇敢的呢！虽然有人被荆棘划破了手指，但谁也没有退却。就这样爬过了一道山梁，终于找到了上山的路。

山上的野花竞相笑着迎接我们，满山的新绿使空气倍加清新。久违了的亲切环绕着我，我熟悉这里的一草一木，熟悉这里的气息。虽然我已不再年轻，但当我重回大山的怀抱，我知道我还是大山的孩子，我有一颗年轻的心在跳跃着，热爱家乡一草一木的情怀依旧。

走过险峻的九弯十八曲，我们就快到山顶了，宝塔就在眼前。日本鬼子的大炮没有轰倒此塔，"文革"的浩劫，却让报恩塔伤痕累累。塔周边的庙宇被拆得只剩下残砖断垣。而塔因为高耸而坚固，使得造反派们无从下手拆除。但塔里面的佛龛和登塔的楼梯已被破坏得支离破碎。再后来很多采石厂的兴建让山体也在隆隆的炮声中被蚕食得遍体鳞伤，裸露的山体直逼宝塔，看得令人心痛不已。

直到建立和谐社会的今天，圌山这一自然风光才引起地方政府的重视，周边所有的采石厂已被关闭，遍体伤痕的圌山终于可以休养生息了。

到了塔下，我拿起相机，镜头中的宝塔，似乎在向我倾诉，它见证了历史，经历了沧桑和风雨，它是人类文明的杰作，可是为什么得不到我们的善待呢？

粗犷的圌山，路还是羊肠小道，野草灌木杂乱无章，树木被砍伐的痕迹随处可见，大片的松林已经稀疏。即便如此，每年仍有数十万民众在黄明节这天从各处来到这里，享受山野之美，观赏江南之春。站在山巅极目远眺，山峦起伏，长江如练，桃红柳绿，麦苗青青菜花黄，一片盎然的江南春意。

我在山顶祈祷，祈愿在今后的岁月中，这里能被妥善保护，愿上天所赐的自然景观能瑰丽多姿地展现在世人面前。

芦叶飘香望端午

倪习峰

一年一度的端午节，扬中老家的乡亲们都要忙着到江边芦苇滩打芦叶，包粽子。

我的老家西来岛盛产芦苇与红柳，一年中小岛有三季被芦柳环绕着，江堤外滩最外层的是芦苇，中间的是红柳。

站在老家的江堤上居高临下地放眼望去，堤内，炊烟袅袅，随风飘起；堤上，水牛、羊儿悠然自得，啃着青草。最美的是堤外，江风习习吹着芦柳林，一浪一浪乘风扑向江心，比那江面的水浪更要气势非凡。江滩外层临江边是绿葱葱的芦苇丛，芦苇与江堤之间的夹心层是暗紫色的红柳林。芦柳箭杆挺拔，秋日芦花怒放；春天柳絮飘飘，不时有大群的飞鸟从芦柳丛上方飞过；夏秋季节，一阵清凉的江风吹过，给人一种闲逸旷达的感觉。柳林芦花，相映成趣，组成了一幅迷人的江滩风光。长江水、芦苇滩，红柳林、绿江堤和堤内茂密的桃树林把我们的村子点缀得五彩缤纷，煞是好看，就像一只红绿相间的翡翠镯子戴在家乡少女的玉手上。

　　端午前后的芦苇滩，芦叶格外飘香。"春暖花开江南美，一片绿色芦苇荡。"一年中很沉寂的芦苇滩这个时候也开始忙碌起来。村里的妇女、半大的孩童都会下滩打芦叶，一半留作家里包粽子，一半拿到集镇上卖，手脚麻利的半天可以打一二十斤。我孩提时一半的文具用品就是芦叶换来的。

　　小岛芦苇滩虽然茂盛，但不是随便何时都可以采摘芦叶的，一天中也就中午前后几小时可以下滩采集。早晨潮水大，下不了滩。中午退潮后至傍晚涨潮前有几个小时的空隙，一般这个时候最合适。

　　打芦叶并不是想象的那么简单，有一定危险。而且打芦叶的一般都是妇女和儿童。我在老家的时候，端午前后常听说有妇女或孩童因打芦叶淹死。

　　打芦叶要有经验，生手千万别贸然下堤。一般说靠近江堤的危险最小，打的人最多，那里的芦叶也最小，打不到好叶。要想打大叶，只有下滩至深处，但是滩深处危险也大，还容易迷路。

　　有一年我就差点给芦苇包成粽子。那年我随扣丫姐下堤打芦叶，我总想捡大的打，不知不觉走深了。滩里有纵横相间的水沟，下滩的时候是没水的壕沟，涨潮时就是河了。我只顾聚精会神打芦叶，全然没注意涨潮了。那潮水来得极快，没几分钟工夫江堤的沟已涨满了水。等听到扣丫姐叫我上堤时，已经没了退路。眼看水就从沟里满上来，不用多时整个滩都会沉浸在江水中，急得扣丫姐在江堤上拼命喊。这个时候我也害怕起来，当时天还不是特别热，水冷得很。我思来想去，觉得冻死总比淹死好，就毅然跳下滩里沿水沟游过去。等我爬上岸后不一会儿，整个芦苇滩已经

一片汪洋了。

回家后，母亲狠狠地打了我一顿，不准我以后再下滩。那年以后，母亲既怕我出危险，又想让我吃上新鲜粽子，就在自家门前的小河边种满了芦苇。

离开家乡很多年了，与妻结婚后，每年端午前我总要让妻子包粽子，但是妻子不是本地人，不会包，也不肯学，她怕麻烦，总推说没粽叶，免却了。每当此时，我常会对着她发狠说：哪天我回老家打芦叶去，让你包。母亲活着的时候，都是母亲包好了送过来，因此我还能一直吃上老家原汁原味的芦叶粽子。母亲去世后，就很少享用到老家芦叶包的粽子了。虽然现在吃粽子也不再仅仅是端午时节，一年四季都能买得到，但是那份感觉是找不到了，因而从心底里反增添了对老家芦叶粽子的那份思念。每每吃着异乡的粽子，也让我更加思念老家成片的芦柳滩、茂密的芦苇叶，还有那群令人难忘的采叶人。

扬中食俗十二月

张岭秀

粽子

元宵

馄饨

一年十二个月，扬中每月都有一种独特的食俗。

正月。正月十五是一年中第一个月圆日，称上元节，上元之夜称元宵。别处都在这一日吃元宵，而扬中却在正月十三日吃炒糖圆，即将糯米粉搓成桂圆大小的圆子，以猪油、红糖拌炒熟，先敬灯光菩萨，然后全家人围着吃，十分香甜。此之谓"交灯"。到了正月十八日，将白面粉擀成片，切成长丝状，下了先敬灯光菩萨，然后全家吃此面条。此之谓"落灯"。"交灯圆子落灯面，吃了圆面福寿添。"这种食俗多年盛行不衰。

二月。月暖风和，草长花香。野菜（荠菜）萌发。二月初八，扬中人有吃"野菜馄饨"的食俗。"新妇挎小篮，

糍粑

月饼

赤豆饭

菊花酒

野菜觅天然。作馅包馄饨，祛病又延年。"据说吃了这种野菜馄饨，可以健身强体，益寿延年。

三月。"三月上巳辰，清明谷雨临。"中国清明节有扫墓祭祖的传统。为了表达对祖先的虔诚之心，扬中人用青蒿入臼捣泥拌入糯米里，调匀做成团子以祭祖。青蒿有两类，一为梗蒿，一为糯蒿，糯蒿为佳。蒿泥圆子吃了明目清心，有益于身心健康。

四月。"四月乡村闲人少，才了蚕桑又插田。"这时已进入农忙季节。但也有一种食俗，就是吃"麦饪"（吃青，过去神鬼怕过三春，粮食不救济）。所谓吃麦饪，就是将青麦穗放入锅中炒热，搓去外壳和麦芒，使之成为软柔、清香的食物，不加任何佐料，大人小孩都喜欢吃，也不影响生产劳动。

五月。"五月石榴红，端午尝五红。"过端午节吃粽子、尝五红是传统的食俗。扬中人包粽子以岛上特产的芦叶或竹叶为材料，用糯米加上火腿肉或红枣、赤豆之类混合包成，煨煮至熟，食之。吃时，先用红苋菜、米虾煮成汤羹，喝一口汤，把粽子蘸红糖一口口地吃，这样粽子更加清香可口，肥而不腻。美美地过好节日，又品尝了五红，含有诗意。

《笑脸》摄影 绿野

六月。六月六是"焦糊"。就是把大麦炒熟磨成粉，开水冲调成糊加入蜜糖，食之其味独特，有健脾胃之功效。据传，六月要上堤防汛。为了防饥，有一个叫善姑的姑娘因带炒焦糊护堤，焦糊香气冲天，迷住了海龙王，使他头发昏，眼发花，再也不能兴风作浪了，因此保住了江堤。从此吃焦糊成了一种传习的食俗。此外，六月六，还有一种食俗，就是用韭菜包馄饨，说是吃多种蔬菜可以多福。"韭"与"九"同音，用"韭"一种菜可以代替"九"种菜。

七月。七月七，"家儿女求乞巧针"。一般人家女孩以瓜果陈于庭上。向空祈祷，乞求智慧。现在的农俗是以西瓜代替，祈神后，切瓜分食，也是一种乐趣。

八月。八月十五中秋节。是一年中月最圆之时，代表"团圆"之意。新友互赠月饼，以示庆贺。扬中人在八月半，大都希望月朗祭月。祭月时，以月饼向月祭神。扬中人往往自制月饼，即以粘粉做成圆子，配以菱角、百合、荷藕等敬月。拜月后，合家团聚，分享祭物。现在大都以月饼为食，同样感到家人团聚的深沉挚爱。所谓"花好月圆，人寿年丰，中秋佳节，食饼欢浓。"

九月。"九九"重阳节。饮菊花酒，吃重阳糕。采摘菊花浸泡，菊花祛风清热。平肝明目，解毒止病。"九九"又是敬老节，这一天老人们聚在一起，饮酒话家常，别有风味。民间还作重阳糕，食之，"糕"与"高"音谐，有登高望远之意。

十月。十月初一，扬中盛行"吃糍粑"。糍粑，即用糯米煮成饭，再用芝麻炒熟，舂碎拌糖；用熟猪油一齐拌和，做成粑状，又肥、又香、又粘柔，非常好吃。还有人家把做好的糍粑再用油煎成片，增加香脆之感。

十一月。又叫冬月。冬至敬祖，家家户户，买好鱼、肉、豆腐、青菜、百页、青粉等。敬祖后，吃上美餐。

十二月。腊月初八，称腊八，家家户户吃腊八粥。用自己种的米、栗番瓜、芋头、胡萝卜、花生米、赤豆、黄豆、红枣、豆腐、青菜等熬成粥。头天吃不了，腊月初九日再吃，香浓入口，营养齐全。这是传统的食俗。腊月廿四日吃赤豆饭，说是灶老爷上天言好事，故特煮赤豆饭敬他。这叫"送灶"。三十夜"接灶"，倒出供灶神的赤豆饭，如果有水汽，就说来年要有大潮水，对人畜、庄稼不利。腊月三十夜吃团圆饭。合家老小围坐一起，喝酒吃好菜，表示一年团圆。夜里吃馄饨，裹嘴，以示家庭一年到头不争吵，和睦快乐。

扬中人将食俗编成十二月歌：

春正十五吃"元宵"，"二八"馄饨野菜包。

清明泥蒿圆敬祖，四月麦饼香味飘。

五月初五吃粽子，"六六"麦面炒炒焦。

七巧陈瓜祈乞巧，八月月饼领风骚。

重阳畅饮菊花酒，十月糍粑糖油浇。

冬至敬祖六大碗，腊八粥里营养高。

一年到头月月食，除夕团圆年饭好。

《晚归》

后记

　　扬中，一座大江环抱的年轻岛城，扬子江中成洲千年，建置历史逾百年；扬中，一座婉约典雅的生态岛城，小岛境内绿树成荫，城市面貌秀丽清新；扬中，一座生机勃发的新兴岛城，百姓生活富裕安康，产业发展特色鲜明。

　　在第十届中国·扬中河豚节盛大开启之时，在"中国河豚文化之乡"殊荣花落江洲宝岛之际，在江苏省第八届园艺博览会即将隆重开幕之年，这本倾注了我们太多情感与心血的《芳菲河豚岛》在时间异常紧张的情况下，经历了策划、组稿、编撰、修改等一系列繁琐工序，终于如约与大家会面于这个明媚的烟花三月。我们力求将其打造成一本图文并茂、雅俗共赏的地域民俗文化读物，意在生动展示扬中的城市之美、人文之美和发展之美。

　　这是一枚饱含辛劳与汗水的果实，这是一颗智慧与创造的结晶，这也是一份等待批阅与评点的答卷。感谢以生花妙笔为本书献文的撰稿者们，感谢用镜头语言为书页增色的摄影师们，感谢借笔墨丹青为文稿添彩的书画家们，感谢所有关心、支持、帮助和参与本书编印的社会各界人士！

　　出于编辑需要，本书收录了少量已发表的文章和图片，其中部分作品无法联系到作者，在此特表达歉意和感谢！望相关作者看到此书后与本书编委会取得联系。由于编者水平有限，书中难免存在疏漏和不足之处，敬请读者予以指正！

　　最后，祈愿家乡这方神奇的水土在未来的岁月里，以尽善尽美的追求，描绘出更加美不胜收的精彩画卷，抒写出更为美轮美奂的华彩篇章！

编　者

2013 年 3 月